ENTRE FEMMES

JEANNE BOURIN
ET
RÉGINE DEFORGES

ENTRE FEMMES

ÉDITIONS ◆ BLANCHE
ROBERT LAFFONT

ISBN : 2-266-10450-0

Préface

Mais pourquoi ai-je répondu « oui » lorsque l'on m'a demandé de rédiger une préface au livre d'entretiens entre Jeanne Bourin et Régine Deforges. Écrire sur ces écrivains célèbres est une gageure insensée. Et puisque, de surcroît, l'une d'elles est ma mère, on serait en droit de penser que je suis fou. Mais, Régine m'ayant appris à respecter la parole donnée, il m'est impossible de me soustraire à cet exercice périlleux.

L'idée d'une rencontre entre deux femmes apparemment si différentes et de ces entretiens est venue un jour que nous parlions de nos mères, mon ami François Bourin et moi-même. Nous avons constaté, amusés, que nous avions deux points communs : nous étions éditeurs et nos mères étaient écrivains. Et, de ce fait, on nous questionnait fréquemment sur elles : quelle sorte de femmes étaient-elles ? Quels étaient leurs rapports avec nous ? Ce qui nous étonnait surtout, c'était le nombre d'a priori et de « fantasmes » qu'elles véhiculaient. Et personne ne semblait nous croire lorsque nous répondions que notre regard était, ni plus ni moins, celui d'un fils pour sa mère.

À la fin de ces entretiens, je me suis rendu

compte que je comprenais mieux ce que certains de mes interlocuteurs sous-entendaient. Sûrement nous a-t-on considérés comme des enfants à part. Si l'on ajoute à cela la notoriété de ces deux femmes, et par là même l'intérêt qu'elles suscitent, on comprendra mieux à quel point nous avons pu être regardés comme des bêtes curieuses. Dans le cas plus précis de Régine, cette perception se rehaussait encore par le côté sulfureux qu'on lui prêtait. Eh bien, non, au risque d'en attrister certains, je n'ai pas vécu dans un univers tendu de rouge où se seraient rencontrés le Divin Marquis, O, Mme de Merteuil ou le prince Vibescu. En revanche, j'adorais le navarin d'agneau, les week-ends à Gambais et l'accès libre à la bibliothèque, à toute la bibliothèque.

Alors que François et moi étions amis, nos mères, en revanche, se connaissaient peu hormis quelques entrevues cordiales à l'occasion de salons du livre. Aussi, comme deux gamins qui souhaitent que leurs mères se rencontrent, nous avons voulu les réunir en un livre d'entretiens où elles aborderaient en toute liberté tous les sujets qui leur tiennent à cœur : l'écriture, l'enfance, l'éducation, la famille, l'amour, l'engagement, la foi…

Avec le recul, je ne saurais dire si nous avons eu raison, car la franchise et le naturel avec lesquels elles ont répondu à nos questions nous ont souvent surpris, parfois bouleversés. Ce ne fut pas facile pour moi d'entendre Régine avouer qu'elle ne m'avait pas pris dans ses bras à ma naissance parce qu'elle avait la tuberculose et qu'elle n'osait me toucher de peur de me contaminer.

A contrario, le regard porté par ces deux femmes sur leur métier d'écrivain, les doutes qui les assaillent, la souffrance d'écrire qui est la leur, tout cela m'a bien plus appris que quelques centaines de livres publiés comme éditeur.

Ni Jeanne Bourin ni Régine Deforges n'ont censuré leurs échanges — car souvent leurs discussions l'emportaient sur nos questions — et c'est avec étonnement que nous avons découvert ces femmes (pouvions-nous dire nos mères à cet instant ?) dans leurs espoirs, leurs désillusions et leurs désirs secrets.

Ma mère me disait souvent : « C'est compliqué, une vie. » Là, durant ces semaines d'entretiens, j'ai compris la valeur de cette phrase. Si Jeanne, de son propre aveu, s'est toujours sentie protégée — par sa famille, son mari, ses enfants —, ce ne fut pas le cas de Régine dont on sent, dans ses propos, la volonté rageuse d'exister en dehors d'une famille et d'une destinée bien trop prévisible. Elle a profondément gardé en elle ce côté « sauvageon » qui la pousse à ne rien faire comme les autres. C'est sûrement cela qui m'a éloigné d'elle à l'adolescence : ma maman ne ressemblait pas aux autres mamans, je l'aurais voulue plus « normale », plus « conventionnelle ». Je ne mesurais pas alors tout ce qu'elle me donnait et tout ce que je lui dois.

De ces entretiens naîtra un autre regard sur ces femmes et sur ce qui a donné un sens à leur vie. Bien que différentes — par leur âge, d'abord, par leur éducation et leur culture, ensuite —, nous avons toujours senti entre elles une écoute complice et attentive. Comme si ce qui les réunissait le plus — l'écriture — atténuait les divergences. Chacune d'elles s'est construite à partir de l'écrit : Jeanne d'une manière plus classique, Régine par une détermination et une révolte qui l'ont toujours ramenée au livre.

Enfin, si je devais attribuer un adjectif à chacune d'elles, le terme « quiétude » conviendrait à Jeanne, et celui de « passion » définirait Régine. Et de cet antagonisme naît la valeur de ce livre, fait d'une belle sincérité et d'une intelligence lucide.

Franck Spengler,
15 juin 1999.

1

L'écriture

RÉGINE : ÉCRIRE, C'EST UNE VICTOIRE SUR MOI-MÊME
JEANNE : PASSER DU CÔTÉ DES LECTEURS À CELUI DES ÉCRIVAINS, C'EST IRRÉEL

Régine. — J'écrivais des poèmes quand j'étais très jeune, des lettres, des adaptations pour le théâtre, mais écrire un livre ! J'étais trop folle de littérature pour imaginer devenir à mon tour écrivain. Je continue d'ailleurs à être émerveillée chaque fois que je réussis à finir un roman, je n'en reviens pas, j'en remercie chaque fois le ciel.

Jeanne. — J'ai fait toutes mes études au lycée Victor-Duruy, boulevard des Invalides, à Paris, et je me rappelle très bien qu'en sixième on avait lu tout haut l'une de mes compositions françaises. Du coup, mes camarades, qui, dans l'ensemble, me considéraient comme la dernière des dernières parce que j'étais nulle en maths, m'ont regardée avec une sorte de gentillesse nouvelle qui m'a éblouie… C'est le pouvoir de l'écriture ! Je l'ai ressenti très tôt.

Régine. — J'étais bonne en français, moi aussi, et il est arrivé que mes rédactions soient lues en classe, mais il n'y avait aucune gentillesse dans le regard des autres. Au contraire, les gamines autour de moi me regardaient avec une espèce de haine.

Jeanne. — J'ai toujours aimé raconter des histoires : à ma sœur quand j'étais jeune, plus tard à mes enfants, à mes petits-enfants. J'avais, petite, une habitude désastreuse : je découpais les personnages dans les livres illustrés, précieux ou pas. Je les entassais dans des boîtes en carton et je les sortais pour les faire parler ; j'en faisais les héros des histoires que j'inventais. Vous imaginez la joie de mon père quand il retrouvait ses livres ainsi massacrés ! À côté de mes personnages de papier, il y avait un autre jeu que j'affectionnais : je prenais une tige d'asperge qui faisait l'homme et une rose qui faisait la femme, je les rapprochais, je les joignais... J'ignorais tout de la sexualité, mais il est évident qu'elle m'occupait déjà.

Régine. — Je dessinais mes personnages avant de les découper. Et sur un jeu de nain jaune, je construisais des maisons avec des cartes : ça faisait des entrées et des sorties. J'inventais des intrigues : il y avait toujours une créature plus belle que les autres — moi, évidemment —, il y avait des souffre-douleur, des princes charmants. J'écrivais aussi des pièces de théâtre en adaptant des livres de la comtesse de Ségur et en les faisant jouer à mes camarades.

Ensuite ça s'est gâté, avec l'affaire du cahier volé : c'était à Montmorillon, je devais avoir quinze ans, je tenais mon journal, plusieurs « tomes » dans lesquels je notais mes petites histoires. Un jour, on m'a confisqué un cahier et on m'a obligée à brûler les cahiers restants. Vous vous rendez compte : brûler soi-même ce que l'on a écrit ! C'était moi que je détruisais ! Du coup, devenue adulte, j'étais complètement bloquée. J'essayais néanmoins d'écrire. Mon premier mari se souvient avec émotion de ces après-midi entiers où je m'enfermais, sans réussir à pondre une seule ligne. J'étais paralysée : impossible d'écrire, que ce soit au stylo ou à la machine. J'avais une sorte de panique qui me saisit encore parfois. Cette hantise qu'on me dépouille de ce que j'allais écrire m'a accompagnée jusqu'à mes quarante ans…

Et vous, Jeanne, quand êtes-vous « passée à l'acte » ?

Jeanne. — La lecture publique de mes copies en classe de français m'avait impressionnée. Ce bonheur de manier les mots, de les construire en phrases qui amènent les autres à partager votre point de vue… Et puis j'écrivais aussi pour moi, dans un petit carnet où je consignais toutes mes pensées secrètes. C'est pour cela que, très vite après mon mariage, ayant abandonné la fac, je me suis lancée dans des petits travaux d'écriture pour « mettre du beurre dans les épinards » comme on dit, mon mari était alors jeune journaliste aux *Nouvelles littéraires* où il gagnait assez peu. J'ai commis des chroniques, des nouvelles, des petits romans, que je signais de pseudonymes. Ils étaient publiés dans des journaux, des revues. Ça m'a appris peu à peu à construire un livre. Et vous, Régine, comment expliquez-vous votre besoin d'écrire ?

Régine. — C'est une victoire sur moi-même. Au départ, mon objectif était d'arriver au bout d'un livre, d'écrire le mot fin. J'avais besoin de publier, j'avais besoin d'un objet-livre, pour conjurer ma peur.

Jeanne. — Avec la publication d'un premier livre, on passe brusquement du côté lecteur au côté écrivain. Dans une vie, c'est un changement total. C'est un peu irréel ! Vous vous rendez compte que votre texte ne vous appartient plus tout à fait. D'autres personnes en parlent d'une manière qui vous surprend.

Régine. — À présent, quand un de mes livres est imprimé, il ne m'intéresse plus. Je ne le relis jamais, il me devient presque hostile.

Jeanne. — Quel déchirement quand je finis un livre ! Je me sens vide comme après un accouchement. C'est terrible !

Régine. — Pour moi, c'est à la fois une victoire sur moi-même *et* un déchirement. Je suis comme abandonnée…

Jeanne. — Ne pas relire vos livres ne vous empêche pas d'avoir un regard sur ce que vous avez écrit ?

Régine. — Je travaille au jour le jour. Pour employer un bien grand mot que, par pudeur ou par orgueil, je n'ai pas inscrit dans mon esprit, je ne pense pas mes livres en termes « d'œuvre ».

Jeanne. — Moi non plus, bien sûr. Écrire est un vrai travail, humble et presque quotidien, contrairement à ce que beaucoup de gens croient. C'est une joie aussi, mais une jubilation astreignante… Sur un plan pratique, il faut se mettre tous les jours devant sa table et savoir s'imposer une discipline. Cela demande une certaine volonté.

Régine. — J'ai une conception assez scolaire, enfantine, de mon travail. Je continue à m'entourer de petits papiers, de crayons…

Jeanne. — J'ai aussi plein de petits bouts de papier, ce qui énerve mon mari ; il dit que je devrais utiliser un carnet. Chacun ses méthodes… Je remplis des boîtes à chaussures entières de petites fiches sur tout ce qui touche à l'histoire que je suis en train d'écrire. C'est très archaïque, j'en suis consciente, mais je m'en fiche ! Et puis ça participe du côté artisanal de notre métier. Nous sommes des artisans.

JEANNE : J'INSISTE DAVANTAGE SUR MES PERSONNAGES FÉMININS

RÉGINE : IL M'EST PLUS FACILE DE ME PROJETER DANS UN PERSONNAGE MASCULIN

Jeanne. — Écrire est aussi une manière de vivre plusieurs existences, de plonger dans différentes expériences et différentes pensées. Dans mes romans, les hommes sont pourtant souvent moins développés que les personnages féminins. Je me sens moins proche d'eux. J'insiste davantage sur mes personnages féminins, même si, par exemple, j'ai beaucoup aimé décrire le personnage d'Étienne dans *La Chambre des dames.*

Régine. — Il m'est plus facile de me projeter dans un personnage masculin que dans un personnage féminin. Je peux camper une héroïne, mais elle est limitée à faire des choses que font les femmes de son époque : cela m'est pénible. C'est pour cela que je leur fais vivre des aventures extravagantes. Pour moi, le comble du talent pour un écrivain est de raconter une histoire banale.

Jeanne. — Contrairement à vous, j'ai du mal à me mettre à la place de mes héros masculins. Dans la mesure où mes personnages sont pour une bonne part des reflets de moi-même, il m'est plus difficile de parler des hommes. Comment me mettre dans la peau d'un homme qui fait son service militaire ? En revanche, je me sens très à l'aise dès que je peux mettre mes personnages dans des circonstances où je m'imagine moi-même sans difficulté.

Régine. — Écrire est un acte impudique…

Jeanne. — Un acte impudique qui demande d'être seul avec soi-même. Sinon, on serait paralysé par un sentiment d'exhibitionnisme ! Écrire, c'est toujours se confesser. Quand on écrit, on se met beaucoup en scène par l'intermédiaire de ses personnages. C'est à la fois grisant et troublant de les voir vivre des aventures que nous avons nous-mêmes connues ou désiré connaître. Nos livres sont des portraits de nous, des autoportraits idéalisés et enrichis.

Régine. — Il y a en effet un dédoublement de la personnalité lorsqu'on écrit. On se met dans la peau d'un salaud, dans la peau d'un héros, dans la peau d'une pute… On doit tout ressentir.

Écrire est aussi une maîtrise, de soi, de sa pensée. On écrit d'abord pour soi-même avant d'écrire pour les autres. En même temps, avec un livre, on a parfois changé d'humeur, d'état d'âme. C'est extraordinaire. Toutefois, la littérature n'est pas une thérapie... Si des gens me disent qu'un de mes livres leur a fait du bien, ça me touche évidemment beaucoup et j'en suis heureuse pour eux et pour moi... Mais il n'est pas fait pour ça.

Jeanne. — On n'écrit pas pour les lecteurs, mais on ne peut pas écrire sans eux. Sinon, on ne chercherait pas à publier. Vous dites que la littérature n'est pas une thérapie pour les lecteurs. En même temps, beaucoup d'auteurs la revendiquent comme thérapie pour eux-mêmes. C'est sans doute pour cela que la plupart des premiers romans sont autobiographiques. J'ai fait l'inverse, j'ai attendu jusqu'à il y a deux ou trois ans, avec *La Garenne*, pour parler ouvertement de mes proches et de moi. Mais je dois avouer que tous mes livres parlent quand même de mes proches et de moi.

Régine. — Est-ce pour garder à distance votre vie personnelle que vous avez commencé par écrire des romans historiques ?

Jeanne. — Certainement. Si, dans le roman historique, comme dans n'importe quelle sorte de roman, on met beaucoup de soi, c'est moins visible. On peut garder une espèce de masque. Mais, surtout, le roman historique me fait rêver quand je l'écris. Je me place hors du temps présent, dans une époque que j'aime. Ça, c'est la jubilation de l'écriture !

Régine. — J'ai toujours aimé lire des romans historiques, des romans de chevalerie.

Jeanne. — L'histoire de la littérature est ponctuée de très grands romans historiques. *L'Iliade* et *L'Odyssée* ne sont-ils pas des romans historiques ? *La Chanson de Roland* ou *La Princesse de Clèves* ne le sont-ils pas aussi ? Il me semble même que tous les romans traitent d'histoire ; tous les romans deviennent historiques, un jour ou l'autre. *Madame Bovary* ou *Germinal* sont aujourd'hui historiques.

RÉGINE : COUPER SON PROPRE TEXTE, C'EST UNE AMPUTATION
JEANNE : J'AI L'ANGOISSE DE LA PAGE ÉCRITE

Régine. — Il n'y a pas de genre mineur en littérature. Il n'y a que des bons et des mauvais romans. Je me fiche qu'ils soient réalistes, historiques, policiers, s'ils sont bons. On peut apporter le même soin à l'écriture d'un roman quel qu'il soit.

Jeanne. — J'adore les romans policiers ! Le mystère, le suspense font partie des ingrédients essentiels à tout bon livre.

Régine. — Quand j'ai écrit *La Révolte des nonnes*, j'ai fait extrêmement attention à la musique des mots, aux sons. C'était un texte sonore, volontairement. Je lisais ce texte à haute voix pour être sûre qu'on entende le chariot rouler dans la neige. Il fallait que les mots roulent et qu'en même temps ils soient ouatés...

Jeanne. — Je relis mes textes à haute voix... Et je corrige énormément... Je vais vous avouer une chose : je n'ai jamais l'angoisse de la page blanche, j'ai l'angoisse de la page écrite. Tant que la page est blanche, on peut toujours imaginer qu'on va y graver un chef-d'œuvre, mais, quand on relit ce qu'on a écrit, on voit toutes les corrections à faire, on se rend compte que ça ne tient pas debout. J'ai réécrit certains passages sept, huit, quinze fois de suite.

Régine. — Que de pages détruites ! Pour *La Révolte des nonnes*, je pleurais en les déchirant... Parce que je savais que ce n'était pas bon, il y avait un tel foisonnement ! J'aimais trop le sujet, j'écrivais trop de choses.

Jeanne. — Lorsque j'ai donné le manuscrit de *La Chambre des dames* à mon éditeur, il m'a dit qu'il était beaucoup trop gros — sept cents pages... Il a donc fallu que je le fasse « maigrir », comme on dit, et j'ai eu l'impression de tailler dans ma propre chair, car chaque phrase me semblait apporter quelque chose d'unique au texte.

Régine. — Couper son texte, c'est une amputation, une souffrance. Mais, comme vous, je considère tout de même le travail d'écriture comme une jubilation.

Jeanne. — Si on vous disait que, dans deux cents ans, vos livres seront lus, cela vous ferait-il plaisir ?

Régine. — Bien sûr. Mais, quand Stendhal dit qu'il écrit pour ceux qui seront capables de le lire dans deux cents ans, je souris. C'est d'une fatuité ! Même si j'adore Stendhal, ne croyez-vous pas qu'il souffrait quand il ne vendait que sept cent trente-deux exemplaires du *Rouge et le Noir* ?

Jeanne. — En tout cas, il ne s'est pas trompé. La postérité lui a fait la place qu'il voulait. La plupart des auteurs croient à la valeur de leur travail, sinon ils n'écriraient sans doute pas. Ils ne se trompent pas toujours. S'il a une haute conception de son métier, un écrivain doit penser à la postérité. Non par orgueil, mais parce que toute œuvre écrite de qualité est faite pour durer.

Régine. — Combien se sont trompés...

Jeanne. — La notoriété, souvent, ça passe. En ce qui me concerne, je ne me fais aucune illusion, je ne pense pas du tout écrire une œuvre immortelle, mais c'est vrai que j'aimerais laisser quelque chose, ne serait-ce qu'à mes enfants. C'est l'idée de transmettre qui m'importe.

Régine. — Quand je vois le mal que je me donne pour retrouver certains textes, je me dis que, si dans cent ou deux cents ans quelqu'un fait des recherches sur notre époque, il faudra qu'il puisse trouver des traces. Tout ne sera pas mis dans des banques de données, sur Internet ! Je suis passionnée par l'histoire littéraire. Étant bibliophile et chineuse, je conserve des choses pour ceux qui chercheront plus tard, des traces de notre époque qui ne me concernent pas forcément, pour que d'autres puissent un jour les utiliser. C'est aussi pour cette raison que je suis collectionneuse — je collectionne entre autres les objets rouges. D'une certaine façon, quoique n'ayant pas peur de la mort, je lutte contre l'oubli. Et je crois encore à l'imprimé.

Jeanne. — Je ne sais pas si le papier est irremplaçable, en revanche, comme je l'ai déjà dit, je suis sûre que les écrivains resteront toujours des artisans. On ne sortira pas de là... Et c'est une des raisons pour lesquelles la célébrité, lorsqu'on la connaît de son vivant, peut mettre en danger l'avenir d'un écrivain. Le succès risque de tuer en lui la modestie de l'artisan, d'en faire un faiseur, un mégalomane. Le succès peut même rendre fou. Dieu merci, il m'est arrivé tard. Être reconnu dans la rue, c'est à double tranchant. La plupart du temps, les gens sont d'une extrême gentillesse et l'on est flatté de recevoir des compliments, mais être toujours en représentation fait que l'on a tendance à se figer, à perdre son naturel. Et je ne parle pas de ceux qui deviennent bouffis d'orgueil !

D'un autre côté, le succès permet des rencontres inattendues, parfois émouvantes ou enrichissantes. Un jour, une femme m'a abordée pour me dire qu'elle avait dénoué son problème conjugal grâce à moi. Je n'ai jamais su de quel problème il s'agissait, mais cette confidence m'a émue. L'écrivain voit rarement l'effet de ses livres sur les lecteurs. Avec cette femme, je l'ai senti avec force. J'ai pensé que je n'avais pas travaillé en vain...

Le résultat du travail et du succès, c'est aussi l'argent que l'on gagne... L'argent, au début, c'est comme un cadeau que l'on n'est pas sûr d'avoir mérité. Le plus important, pour moi, après la sortie de *La Chambre des dames*, c'était de savoir que tant de gens m'avaient lue. Lorsque je croisais des passants dans la rue, je me disais : « Lui aussi ou elle aussi m'a peut-être lue. Peut-être même pense-t-il ou pense-t-elle, à ce moment même, à certains de mes personnages. » J'étais fascinée par cette idée. L'argent était secondaire. Mais il m'a quand même rendu de grands services. Il m'a paru miraculeux.

Régine. — Je ne me suis rendu compte ni du succès ni de l'argent. J'ai commencé à gagner beaucoup d'argent avec le premier tome de *La Bicyclette bleue*, mais l'argent était chez mon éditeur. Quand j'en avais besoin et que j'en demandais, il ne me disait pas non... Tout cet argent... Je pouvais tout à coup m'acheter des tableaux, des tapis, des bêtises aussi... J'ai prêté de l'argent, j'en ai donné... Comme vous dites, tant d'argent, c'est miraculeux... On n'y croit pas, on ne s'y attend pas. Les autres, bien sûr, vous jalousent un peu. Je me rappelle une réflexion qu'un journaliste du *Canard enchaîné* avait faite à un ami : « Forcément, Régine a changé sa manière d'écrire pour avoir du succès... »

Jeanne. — C'est doublement stupide de dire ça. Il est très difficile de changer sa manière d'écrire, et s'il y avait une recette pour avoir du succès, ça se saurait.

RÉGINE : IL FAUT ÉCRIRE CE QUE L'ON A ENVIE D'ÉCRIRE
JEANNE : IL N'Y A RIEN DE PIRE QUE DE VOULOIR SE COPIER SOI-MÊME

Régine. — Lorsqu'on écrit, il est très important au contraire de conserver sa voix, de ne jamais aller dans le sens du public ou de ce que l'on croit que le public attend. On ne sait jamais ce qui lui plaira. Il faut écrire ce que l'on a envie d'écrire, ce que l'on peut écrire. Et, si ça marche, tant mieux !

Jeanne. — Beaucoup de choses changent avec le succès, mais il ne doit, sûrement pas, influencer la manière d'écrire. Il n'y a rien de pire que de vouloir se copier soi-même pour rechercher le même succès. C'est d'ailleurs pour ça que j'ai abandonné un moment le Moyen Âge. Je voulais casser cette image de « Madame Moyen Âge », comme on m'avait surnommée dans la presse, ce qui m'agaçait prodigieusement.

Un jour, un homme m'a posé une question tout à fait étonnante : « Madame, vos romans historiques sont très bien, mais quand ferez-vous un vrai roman ? » Ça m'a sidérée. Pour lui, un roman historique n'était pas un vrai roman… Je me suis posé des questions. C'est pour cette raison que j'ai écrit *La Garenne* et *Le Sourire de l'ange*. Je voulais me prouver que j'étais capable d'autre chose.

Régine. — C'est amusant, parce que j'ai réagi aussi un peu comme vous. À un moment, j'ai voulu casser « l'effet *Bicyclette bleue* ». J'ai donc écrit un roman épistolaire, un roman d'amour entre deux femmes : *Pour l'amour de Marie Salat*. Je ne voulais plus revenir à l'univers de *La Bicyclette bleue*. Je n'y suis revenue que cinq ou sept ans plus tard.

Jeanne. — Votre mari s'intéresse-t-il à votre métier d'écrivain ?

Régine. — Énormément. C'est le seul lecteur en qui j'aie confiance. Il ne me fait pas de cadeaux...

Jeanne. — J'ai, pour ma part, deux lecteurs en qui j'ai une totale confiance : mon mari et mon fils. J'ai beaucoup de chance d'avoir un mari avec qui je peux parler souvent de littérature. Dans le cas contraire, mon métier aurait pu déstabiliser notre couple. L'écrivain est un monomaniaque qu'il est parfois difficile de supporter.

Régine. — Votre mari aurait pu en effet ressentir de la jalousie vis-à-vis de votre réussite et de l'aspect solitaire de votre travail.

Jeanne. — Ce n'est pas du tout le cas. Nous avons une communauté d'intérêts qui est la clé de tout.

Régine. — Mon mari est un passionné d'histoire, il a une mémoire fabuleuse. On parle, on échange des idées ; on est d'accord ou pas d'accord. J'ai appris énormément auprès de lui. Et puis, comme vous, j'écoute aussi mes enfants. Je ne dis pas que je tiens toujours compte de leur avis, mais, neuf fois sur dix, ils ont raison.

JEANNE : J'AURAIS PU ÊTRE LIBRAIRE
RÉGINE : JE VOULAIS ÊTRE REPORTER

Jeanne. — Envisageriez-vous de faire un autre métier que le vôtre ?

Régine. — J'ai été libraire. C'est un métier que j'ai adoré.

Jeanne. — J'ai toujours pensé que, si je n'avais pas été écrivain, j'aurais été libraire… Je n'ai pas eu l'occasion d'essayer.

Régine. — C'est un métier où l'on gagne le smic, sauf exception, mais c'est passionnant. J'ai appris le fonctionnement de la distribution, comment commander aux différents éditeurs, etc. J'ai tellement aimé ce métier que j'y reviendrai peut-être un jour, en me spécialisant dans le livre ancien et le livre d'occasion.

J'aurais bien aimé aussi être journaliste, grand reporter.

Jeanne. — Par goût de l'aventure ?

Régine. — À l'époque de la guerre, je voulais aller au Liban, mais l'homme de ma vie ne supportait pas l'idée que je puisse prendre un risque.

Jeanne. — Je n'aurais jamais pu être actrice, par exemple. Je suis trop coulée en moi-même une fois pour toutes. En plus, je crois que j'aurais eu le trac.

Régine. — Ce trac ne vous empêche pourtant pas de donner des conférences.

Jeanne. — J'y joue mon propre rôle et je m'efforce de faire partager aux auditeurs mon point de vue. La passion me porte.

RÉGINE : TRAVAILLER SEULE EST UN PRIVILÈGE

JEANNE : JE SERAIS INCAPABLE D'ÉCRIRE DANS UN CAFÉ

Régine. — Nous avons cette chance de ne pas avoir à aller au bureau chaque matin... Pour moi, ce serait inimaginable ! Pour me punir, il suffit de me mettre dans un bureau avec d'autres gens...

Jeanne. — Pour la majorité des gens, dans les bureaux, dans les usines, dans les supermarchés, travailler n'est pas gratifiant. Ces femmes-caissières, à qui on s'adresse sur tous les tons — quand on s'adresse à elles... Souvent, contrairement à ce qu'on veut faire croire, aujourd'hui encore, après toutes les luttes ouvrières, le travail humilie.

Régine. — Notre métier est un privilège pour ceux qui, comme vous et moi, aiment travailler seuls. Bien sûr, j'ai des amis en littérature, mais c'est autre chose. À la réflexion d'ailleurs, mes amis sont plus souvent des essayistes que des romanciers. Pour certains, la solitude est très difficile. Il n'y a plus de ces cercles d'écrivains qui existaient au XVIIIe, au XIXe, et même au début du XXe siècle, les surréalistes, le groupe Dada... Bizarrement, malgré mon goût pour la solitude, je dois avouer que, par moments, cette communauté littéraire me manque un peu.

Jeanne. — Écrire a toujours été pour moi un acte solitaire. Pour certains, ce n'est pas le cas. Françoise Mallet-Joris, par exemple, va écrire dans des cafés pour ne pas être seule. Je serais incapable d'en faire autant.

Régine. — Elle a de célèbres prédécesseurs : Verlaine, Sartre, Nathalie Sarraute. Moi, j'ai essayé, parce que ça faisait joli… Mais je ne peux pas écrire dans le brouhaha.

JEANNE : MON PIRE DÉFAUT ? LA VIOLENCE
RÉGINE : JE SUIS IMPATIENTE ET TENACE

Jeanne. — Quels sont vos principaux défauts ?

Régine. — Je suis très impatiente, me sens un peu lâche, par moments. J'ai beaucoup de mal à dire non.

Jeanne. — Lorsqu'on cherche ses propres défauts, même si l'on veut être honnête vis-à-vis de soi-même, on en trouve peu de vraiment graves. On en voit beaucoup plus chez les autres… En ce qui me concerne, mon pire défaut, je crois, c'est la violence. Je pique des colères qui terrorisent tout le monde. Cela ne m'arrive qu'une fois tous les dix ans, mais je déclenche alors une vraie tempête.

Régine. — Ma violence est plus fréquente ! Je m'emporte très vite. Mais j'ai un défaut insupportable pour les gens qui vivent ou qui travaillent avec moi : je veux qu'ils fassent les choses immédiatement. Je vis dans l'urgence, comme si je devais mourir demain.

Jeanne. — C'est vrai pour moi également. Je déteste attendre. Encore un défaut… Je suis vaniteuse. Et il m'arrive d'avoir des pensées malsaines, immorales. Depuis mon adolescence, j'ai ressenti une attirance, littéraire du moins, pour les situations un peu scabreuses.

Régine. — Je crois que, comme vous, je suis un peu vaniteuse… C'est peut-être parce que nous sommes l'une comme l'autre des écrivains à succès. Vous êtes amusante, Jeanne. Vous me rappelez mon enfance. Au pensionnat, on nous disait : « Mesdemoiselles, n'ayez pas de mauvaises pensées. » Et les mauvaises pensées étaient évidemment toujours des pensées sexuelles. Sur ce point-là vous êtes encore une petite fille…

Jeanne. — Vous avez raison, je reste par certains côtés une petite fille, et j'en suis heureuse. Cela me permet encore de me passionner, de m'émerveiller. Mais cela ne m'empêche pas, autre défaut, de me prendre un peu au sérieux…

Régine. — Souvent, je trouve que je ne me prends pas assez au sérieux. Je trouve que tout ce que je fais est… pas mal. Mais je voudrais que ce soit la perfection et je ne suis pas dupe. Je sais où peut être la perfection dans le livre des autres, dans leur mode de vie. Il faudrait une ascèse que je n'atteindrai pas.

Jeanne. — Régine, quelle est votre principale qualité ?

Régine. — Je crois que c'est la ténacité.

Jeanne. — Encore un point commun. Quand je suis accrochée, je ne lâche plus. Mais ma qualité première me paraît être l'optimisme. Il faut être tenace et optimiste pour arriver au bout de ses projets ! En particulier lorsqu'on écrit. Le pessimisme brise toute énergie. C'est une plaie.

Régine. — Je me qualifierais de pessimiste gaie… non… d'optimiste triste… non plus… Bref, je suis optimiste, je crois en l'humanité, mais en même temps j'ai des passages vraiment sombres, comme des bourrasques. De spleen, de mélancolie — un beau mot qu'on n'emploie plus…

Jeanne. — *Melancolia*… cela veut dire « bile noire » en grec, c'est dégoûtant. On dit « dépression » maintenant… Une sensation que j'ai ignorée, excepté au moment de mon retour d'âge, comme on dit. J'ai eu un moment de rejet, de regret de certaines choses, d'amertume. Mais c'est fini. Le fait d'écrire m'a beaucoup aidée, cela m'a redonné du tonus.

RÉGINE : JE SUIS À MA TABLE DE 10 HEURES À 19 HEURES
JEANNE : J'ÉCRIS CINQ FEUILLETS PAR HEURE

Régine. — Je me bats avec moi-même pour éviter d'utiliser des mots… du jargon. Quelquefois, ça vient tout naturellement et vous êtes obligé de l'employer. Mais la politesse, c'est d'écrire en restant à la portée du lecteur, d'écrire le plus simplement possible. Quand j'ai écrit quelque chose que je trouve joli, je suis contente. Mais si je me dis : ah, j'ai écrit quelque chose d'intelligent… je me méfie. Et, en relisant le lendemain, je corrige…

Jeanne. — Régine, quand vous écrivez un roman, travaillez-vous à des heures précises ? tous les jours ?

Pour ma part, j'écris tous les après-midi, de 3 heures jusqu'à 8 heures. C'est pour moi une bonne habitude : j'ai un mari, trois enfants et neuf petits-enfants, et donc mille occasions de faire autre chose si je ne m'astreins pas à une grande rigueur professionnelle.

Régine. — Je suis plus désordonnée, mais je suis à ma table de travail de 10 heures du matin à 7 heures du soir. Il m'arrive de m'interrompre pour un déjeuner ou pour « faire les boutiques » avec ma fille. Alors, je culpabilise… Donc, je m'astreins à travailler tous les jours, sauf le week-end que je consacre à d'autres travaux d'écriture.

Jeanne. — Après avoir fait une recherche, qui me prend parfois plusieurs années, je me mets à écrire le premier jet de mon roman. C'est le moment que je préfère. J'écris en moyenne… cinq feuillets par heure. Mais il faudra beaucoup les retravailler par la suite.

Régine. — Cinq feuillets par heure !!! Ce n'est pas possible…

J'ai commencé à écrire dans une petite chambre de bonne au-dessus de mon appartement, pour éviter les enfants, mais ils criaient, je les entendais, et je descendais… Maintenant je travaille dans un studio, à deux cents mètres de chez moi — et je débranche le téléphone.

Jeanne. — C'est une invention diabolique. Mon mari répond pour moi lorsque je suis en train d'écrire, mais il est évident que le téléphone est crispant. Surtout quand on travaille sur le Moyen Âge… lorsque je suis immergée dans ce passé, j'ai du mal à reprendre pied dans le monde contemporain.

Régine. — C'est amusant… Lorsque j'écrivais sur la Seconde Guerre mondiale et que je sortais à 8 heures du soir, après avoir été traquée par la Milice, la Gestapo, toute la journée, il me fallait un moment de réadaptation au quotidien, à l'univers immédiat. Je voyais les gens différemment, vêtus comme dans les années quarante.

Jeanne. — Quand j'écris un roman historique, il m'arrive assez souvent d'avoir le sentiment de vivre vraiment dans l'époque que je décris. C'est le monde moderne qui me semble irréel et même anormal. Y revenir m'est pénible.

2

De l'enfance aux enfants

RÉGINE : LE « FAMILLE, JE VOUS HAIS », JE L'AI APPRIS TRÈS TÔT
JEANNE : ENFANT, JE BAIGNAIS DANS LA TENDRESSE

Régine. — On n'en a jamais fini avec l'enfance, ne trouvez-vous pas, Jeanne ? Moi, quelque part, je suis toujours « la petite Régine ». Ce n'est pas que j'oublie mon âge, mais, encore aujourd'hui, je vis souvent mes sensations, mes émotions, à travers l'enfant que j'ai été. Ces jours-ci, le printemps surgit et je retrouve mes huit ans, quand j'habitais le Poitou, émerveillée par les arbres en fleurs, les odeurs, les animaux, toute cette vie qui s'embrasait autour de moi…

Jeanne. — Mes souvenirs d'enfance sont très proches, très vivants ; il n'est pas de jour où je ne pense à mes parents. J'adore revenir tous les étés au mois d'août à la Garenne, près de La Chartre-sur-le-Loir, dans la Sarthe, la maison de mon enfance, qui appartient aujourd'hui à ma sœur. Je m'y sens bien, j'y retrouve mes amis, mes racines, tous les fondements de ma vie d'aujourd'hui.

Régine. — J'aime surtout l'idée que ces lieux existent : Montmorillon où vivent toujours mes parents, mes frère et sœur, mes oncles et tantes ; Limoges, où j'ai passé plusieurs années quand j'étais adolescente. Je suis heureuse d'y retourner ; les souvenirs — bonheurs ou chagrins — m'y attendent par bouffées. Mais, dès que je suis là-bas, je ne pense plus qu'à repartir... Vous me direz qu'à Paris aussi je me sens toujours un peu à l'écart, en marge.

Jeanne. — Enfant, tout de même, ne vous sentiez-vous pas vivre dans un monde protégé ?

Régine. — J'ai appris très tôt le « Famille, je vous hais ». En fait, je n'avais pas de véritables raisons de ne pas aimer mes proches. Simplement, ils ne me plaisaient pas. Et quand je dis que ma famille ne me plaisait pas, c'était le monde adulte qui ne me plaisait pas. Je me souviens que, petite, je hurlais dans le grenier de ma grand-mère : « Je ne veux pas leur ressembler, je ne veux pas leur ressembler. » J'ai passé tout ma vie à essayer de ne pas leur ressembler...

Jeanne. — On croit ça... Tout comme vous, j'avais le désir d'être différente, de ne pas mettre mes pas dans ceux de mes parents, question de tempérament — je suis très indépendante —, et aussi absolue nécessité de lutter contre une mère foncièrement autoritaire. Eh bien, que ça me plaise ou non, il me faut accepter aujourd'hui l'idée que nous avons des traits communs, ma mère et moi, que je suis non pas autoritaire, mais décidée, comme elle, que je fais des choses exactement comme elle les faisait. Cela dit, enfant, je me sentais tout de même dans la ligne familiale, principalement à cause de mon père que j'adorais. Je baignais dans la tendresse. Parfois, nous nous tenions les mains autour de la table, papa, maman, ma sœur et moi, en disant : « Nous formons une chaîne d'amour. »

Régine. — Ce n'était pas le genre chez nous. D'abord, les enfants ne parlaient pas à table, au risque de se faire reprendre. On ne se câlinait pas dans la famille. Ma mère m'a toujours dit qu'elle n'a pas souvenir que sa propre mère l'ait embrassée une seule fois. Ah non ! on n'était pas une famille à câlins ! Du côté de ma mère, la famille comptait huit enfants, des petits-bourgeois, des commerçants. Ce genre de milieu catholique, traditionaliste, dont François Mitterrand me disait être issu lui aussi. La France profonde, quoi ! Ma grand-mère Blanche était une femme assez rigide, qui avait « bien » élevé ses filles : elles sortaient toutes d'une école religieuse ; les garçons allaient plutôt à la laïque — le grand-père Léon étant libre penseur.

Mon grand-père était un homme très fin qui racontait des histoires aux enfants avant qu'ils aillent se coucher. Les contes de fées ont baigné l'enfance de ma mère et de mes tantes, comme ils ont baigné la mienne, puis celle de mes enfants. Dit comme ça, on peut penser que cette famille était plutôt ordinaire et acceptable, mais je trouvais que ces gens manquaient de personnalité. Qu'ils étaient terriblement conventionnels.

J'ai écrit un petit livre qui s'appelle *Les*

Enfants de Blanche où j'ai fait parler mes oncles, mes tantes, ma mère.

J'ai pris alors conscience du poids énorme que la société avait fait peser sur eux. L'éducation, la religion… : ces gens avaient tous été castrés ! À ce moment-là, mais à ce moment-là seulement, je me suis mise à les regarder différemment, et à les aimer. Enfant, j'éprouvais face à eux un refus presque physique. Ainsi, nous avions des obligations religieuses ; j'étais une petite fille plutôt pieuse, attirée par le sacré, la religion, jusqu'au jour où j'ai pris des adultes en flagrant délit de mensonge. Et pas seulement dans la famille : j'ai souvenir d'avoir fait une incursion, un matin de carême, dans les cuisines du pensionnat où je me trouvais, et d'y avoir surpris — je revois la scène comme si c'était hier — une religieuse en train de boire un chocolat chaud, quand, depuis des semaines, on nous sommait de « faire des petits sacrifices », on se privait de friandises, on était au poisson, au pain et à l'eau ! C'était anodin, bien sûr, mais je découvrais que les adultes n'étaient pas conformes à ce qu'ils disaient être. Qu'ils agissaient par rapport à la société, non par conviction profonde. C'est ce que, toute ma vie, je reprocherai aux uns et aux autres : agir sans croyance.

Jeanne. — Vous refusiez l'hypocrisie…

Régine. — C'est ce qui me révolte le plus. Un double discours, une double attitude. Faussement généreuse, mielleuse par-devant, féroce et triviale par-derrière. Combien de fois me suis-je vu interdire de fréquenter telle jeune fille dont les parents étaient divorcés — la lie de la société ! —, ou bien cette autre dont la famille n'était pas « convenable », pas convenable, entendons-nous, uniquement sur le plan social — mieux valait, en effet, ne pas trop prendre en compte d'autres critères de jugement, ainsi de leur attitude pendant la guerre, pour départager les « bonnes familles » des autres... ! Bref, ce n'était à longueur de journée que des : « Ma petite fille, il ne faut pas faire ça... C'est un péché... Et puis que va-t-on penser de nous ? » J'étais révoltée. Je me demandais dans quelle famille j'étais tombée.

RÉGINE : J'AI ADORÉ MON PÈRE, J'EN ÉTAIS SI FIÈRE ! JEANNE : J'APPELAIS MA MÈRE « LA REINE VICTORIA »...

Régine. — Mes tantes comme ma mère étaient plutôt jolies, et maman avait juste vingt ans quand je suis née.

Jeanne. — La mienne en avait le double. Mes parents se sont mariés très tard, maman avait trente-neuf ans et papa trente-huit. Je ne les ai connus qu'âgés, d'où un sentiment d'extraordinaire protection. Ils avaient déjà fait leurs vies, ils étaient disponibles et nous entouraient, ma sœur et moi, de beaucoup d'attention, de gentillesse et de douceur. Et puis ils s'aimaient tellement ! Entre eux, il y avait une entente charnelle que, tout enfant, je ressentais très fort. C'est cette ambiance qui a fait de moi un être sensuel. Mes parents s'embrassaient sur la bouche, je ne les ai jamais vus s'embrasser autrement. Et cette passion totale a duré jusqu'à leur mort : papa est mort à quatre-vingt-un ans en honorant maman, comme on disait autrefois. Il a été victime d'une hémiplégie alors qu'il était dans ses bras...

Régine. — C'est très beau, ces deux être vibrant à l'unisson !

Jeanne. — Dieu sait pourtant qu'ils étaient différents ! Ma mère ne travaillait pas, ça ne se faisait pas quand on était, comme elle, femme de fonctionnaire — mon père était conservateur des hypothèques à Paris. Mais elle aurait rêvé d'être antiquaire, un regret qu'elle a traîné toute sa vie car c'était une femme très active, dynamique, impérieuse. Je l'appelais « la reine Victoria », c'est vous dire ! Elle avait toujours raison, pensait tout savoir. En fait, elle avait fait des études extrêmement brèves dans un petit pensionnat près de La Chartre, et elle ne savait pas grand-chose. Mais elle adorait lire, elle lisait n'importe quoi. On dit qu'aujourd'hui les femmes lisent plus que les hommes, mais, entre les deux guerres, les femmes lisaient encore davantage, souvent des choses très médiocres, du Delly, du Zévaco...

Régine. — Ah ! Ne dites pas de mal de Zévaco !

Jeanne. — Bon, bon... Enfin, c'était pour expliquer qu'il m'a fallu me libérer de l'emprise de maman. Quand j'ai eu quatorze, quinze ans, il y a eu des scènes épouvantables entre nous, et même plus tard. Elle me terrorisait, me causait la nuit d'épais cauchemars. Cette façon qu'elle avait de piquer des crises furieuses pour un oui, pour un non, un verre d'eau renversé, une assiette cassée ! Elle disait elle-même qu'elle était soupe au lait, mais le plus extraordinaire, c'est qu'après vous avoir, dans sa rage, balancé les pires choses, elle ne se souvenait de rien : « Mais non, je n'ai jamais dit cela… »

Ce n'est pas un hasard si, dans presque tous mes livres, je mets ma mère en scène d'une façon ou d'une autre, et pas sous des traits spécialement flatteurs — dans *La Chambre des dames*, c'est Margue, la vieille dame qui ronchonne tout le temps ! Heureusement, ce caractère incontrôlé ne remettait pas en cause l'amour qui nous entourait, ma sœur et moi. Grâce principalement à papa.

C'était un esprit cultivé et fin qui était très proche de nous. Un homme long et maigre mais solidement charpenté, au visage d'ascète, avec un grand front d'intellectuel et des yeux gris-bleu-vert dont j'ai hérité, derrière des lunettes cerclées de fines montures. Une sorte de Jean-Jacques Rousseau, persuadé que l'homme était né bon. Il me racontait souvent avoir eu un choc le jour où, en classe de philo, on leur avait demandé de commenter la phrase : « L'homme est un loup pour l'homme. » Qu'on puisse affirmer une telle chose lui semblait révoltant ! Il avait rédigé une composition enflammée défendant la thèse adverse. Ce bel optimisme, évidemment, a été un peu entamé pendant les deux guerres. Mais, dans les années soixante, papa était encore là à reprocher à Sartre sa sombre vision de l'espèce humaine. Comment aurait-il pu comprendre les prophètes de malheur, lui dont la phrase fétiche était : « Tout ça finira très bien » ? Politiquement, il était homme de gauche, socialiste, alors que maman était plutôt de droite, une terrienne. Mais ils ne parlaient jamais de politique devant moi. À vrai dire, je ne crois pas que ça les passionnait, en tout cas beaucoup moins que l'amour qui les liait !

Et vous, Régine, quels rapports entreteniez-vous avec votre père ?

Régine. — Je l'ai aimé, je pourrais dire, adoré, jusqu'à l'âge de douze ans. Il avait été représentant de commerce avant la guerre, et ma mère avait souhaité qu'il ait une situation plus stable. Il est donc entré aux Chemins de fer, et a eu de nombreuses affectations, Châteauroux, Bourges, Vierzon, Limoges... À notre arrivée à Limoges, j'avais sept ans. Mon père parlait peu ; le soir, il écoutait la radio et il ne fallait pas faire de bruit. Souvent, il m'emmenait avec lui : une fois, je m'en souviens, maman était partie je ne sais où, et il m'a invitée au restaurant, oh ! un tout petit restaurant, mais quelle fête ! Et puis, le dimanche, nous allions dans un café où il y avait un orchestre : il était tout content de montrer sa jolie petite fille, et moi j'étais très fière de ce beau papa...

Jeanne. — Portait-il une moustache comme mon père ce qui, à mes yeux de petite fille, lui donnait un grand air de séducteur ?

Régine. — Je n'en ai pas le souvenir. Il avait des traits fins, un joli sourire, de beaux yeux bleus, des cheveux châtains. Il me semblait grand. Il était très mince, élégant, presque coquet ; il changeait souvent de costume, portait de très belles chaussures — j'étais terriblement sensible aux vêtements ! Enfin, c'était mon héros à moi… jusqu'au jour où j'ai appris qu'il trompait maman. Je m'en suis rendu compte en fouillant ses affaires un soir de 31 décembre et en trouvant des lettres qu'il adressait à une autre femme.

Jeanne. — Ça a dû être terrible.

Régine. — À douze ans, je ne savais pas que les gens mariés pouvaient être infidèles ! Soudain, tout un monde s'effondrait. Les notions du bien et du mal s'embrouillaient dans ma tête. J'étais trahie dans la confiance que j'avais mise en un homme. À partir de cet instant, j'ai détesté mon père. J'ai même eu l'idée de le faire chanter en recopiant les lettres dérobées ; je ne les ai jamais utilisées. Mais j'en voulais à ma mère aussi, pour sa soumission à l'homme, à la société.

Jeanne. — Votre mère était-elle au courant de l'infidélité de son mari ?

Régine. — Je ne l'ai jamais su. Elle était plutôt triste, mais elle se consolait en bavardant avec ses amies, en chantant tout le répertoire d'Édith Piaf… J'aurais tant voulu qu'elle se rebelle. Comme elle faisait du théâtre pour les bonnes œuvres, elle avait parfois des répétitions jusqu'à minuit, et je lui disais : « Mais reste, maman, reste, on se débrouillera tout seuls ! » Et je guettais son retour pour voir si un monsieur la raccompagnait : je priais le bon Dieu pour qu'elle prenne un amant. Je n'ai jamais pu supporter l'idée que, dans le couple, l'un ait des droits que l'autre n'avait pas.

Dès la fin de la guerre, mon père est parti. Il a quitté les Chemins de fer. Un jour, on l'a vu revenir avec des valises bourrées de ce qu'on appelait des « articles de Paris », des bijoux de pacotille. Il a voyagé dans l'Europe entière, en Afrique du Nord. Il a gagné beaucoup d'argent. En fait, mon père était une sorte d'aventurier.

Jeanne. — Vous voyez, il continuait tout de même à vous fasciner…

Régine. — Non, loin de là. Nos relations sont devenues franchement hostiles. Heureusement, il n'était jamais là. Il se contentait de nous envoyer des cartes postales depuis les pays qu'il traversait, et même des dessins — pour ça, il était très affectueux.

Jeanne. — Vos parents ont fini par divorcer ?

Régine. — Mais non ! Ils sont restés séparés pendant une bonne dizaine d'années, et maintenant ils vivent heureux, ils ont une fin de vie merveilleuse. Par contre, la rupture entre eux et moi a été, de ce moment-là, consommée. Pour être tout à fait franche, il y avait déjà des choses qui me choquaient chez mon père bien avant la découverte de sa trahison… Je trouvais qu'il manquait de courage physique, ça me semblait rédhibitoire. Il ne supportait pas la vue du sang : quand on tuait un lapin, il tournait de l'œil. C'était ma mère qui s'en chargeait — il fallait bien manger pendant la guerre —, tout comme c'était elle qui, de Limoges, allait au ravitaillement en Poitou.

J'ai le souvenir aussi — vous en souvenez-vous ? — d'une émission de radio où l'on avait fait croire qu'une bombe atomique était tombée sur la France. Orson Welles avait déjà produit une émission semblable aux États-Unis quelque temps plus tôt, on a dû rééditer le coup en France vers 1946 ou 1947. Je nous revois devant la radio : « Sauvez-vous ! Ne restez pas chez vous ! » Maman est descendue chez les voisins : ils étaient à genoux devant leur poste, en prière. Elle leur a enjoint de suivre le mouvement ; tout Limoges s'est regroupé sur les places de la ville. L'affaire a fait un scandale inouï, il y a eu des procès et même des suicides. Eh bien, mon père, tout au long de cette journée, était complètement paniqué…

Jeanne, honnêtement, jamais votre père ne vous a déçue ?

Jeanne. — Jamais. Il était si cultivé, charmant, brillant. Sensible et généreux avec ça ! J'étais éblouie, j'aurais tout accepté par amour pour lui.

Régine. — Pendant la guerre, vous étiez presque adulte, vous auriez pu lui reprocher son absence d'engagement ?

Jeanne. — Je n'ai jamais douté de lui. À mes yeux, il avait toujours raison. C'est peut-être mon caractère, mais quand je donne ma confiance, je la donne définitivement. Un jour, mon fils m'a dit une chose que je trouve très juste : « On n'aime pas quelqu'un en pièces détachées. » Aimer quelqu'un, c'est l'accepter tel qu'il est, avec ses défauts, ses manques…

Régine. — Quelle chance vous avez ! Cette admiration inconditionnelle, cette complicité affective, intellectuelle... C'est beau de pouvoir étayer une vie d'adulte par une image masculine aussi positive.

Quelles étaient vos relations avec votre sœur ?

Jeanne. — Je trouvais que Marie-Aimée était trop sous la coupe de maman, mais nos relations étaient bonnes. Avec notre mère, à vrai dire, il n'y avait que deux façons d'être : se révolter, ce qui a été mon cas, ou bien accepter sa domination, ce qui a été le cas de ma sœur. J'ai un peu l'impression que, dans la famille, c'est moi, l'aînée, qui ai pris toute la force de ma mère. J'ai toujours trouvé très satisfaisant d'être la première à faire les choses, de jouer les pionnières, même si je rêvais d'avoir un frère plus âgé, qui m'aurait emmenée au bal...

Régine. — Un grand frère ! Moi aussi, j'aurais aimé avoir un grand frère. Mais l'avantage d'être l'aînée, c'est qu'on est sûre d'être un enfant de l'amour. « Toi, nous t'avons voulue... » : combien de fois ai-je entendu mon père me répéter cela ! Ma sœur, Chantal, est née vingt mois après moi.

Ma mère m'a un jour confié que, quand elle l'attendait, elle pleurait tout le temps. J'ai mieux compris pourquoi, dès que j'ai vu ma sœur, j'ai voulu la jeter au bas du berceau : j'avais trouvé la responsable des pleurs de ma mère ! Et ça a duré, toute notre enfance, toute notre adolescence. Avec Chantal — une petite fille un peu « chacrote » comme on disait en Poitou, maigrichonne, pâlichonne —, j'étais méchante, une vraie peste. Par jalousie, je cassais ses jouets, déchirais ses livres, ses habits de poupée.

Jeanne. — Ça s'est arrangé avec l'âge ?

Régine. — Pas vraiment. Chantal est devenue… comment vous dire ?… une dame… Enfin tout ce que je déteste : convenue, étriquée, jusque dans sa manière de s'habiller, de se coiffer, enfermée dans son petit univers, mariée, mère de famille, femme au foyer, n'ayant jamais travaillé. Aucun intérêt pour les livres. Une curiosité égale à zéro. Elle a vécu trente ans en Afrique et n'a rien vu de l'Afrique ! La seule chose qu'on ait en commun, c'est qu'on fait très bien la cuisine toutes les deux… Enfin, avec le temps, on a établi des relations plus normales, je fais des efforts, je lui donne des conseils de bonne femme, j'ai même de l'affection pour elle, mais nous restons à des années-lumière l'une de l'autre.

Jeanne. — C'est triste, non ?

Régine. — Bien sûr, mais que faire quand on est à ce point différentes ?

J'ai aussi un petit frère qui a onze ans de moins que moi. Dieu sait pourtant si je l'avais désiré, mais, bébé, il pleurait tout le temps — ce n'était pas faute d'être aimé par ma mère qui avait pour lui une vraie passion. À son égard, je n'étais pas jalouse, je jouais avec lui, mais si brutalement que j'ai fini par lui casser un bras ! Aujourd'hui, on est encore très loin l'un de l'autre.

Jeanne. — J'ai toujours aimé tendrement ma cadette, et me sens encore une certaine responsabilité envers elle. Je trouve normal de lui venir en aide lorsqu'elle a des difficultés ou des soucis.

Régine. — Elle est beaucoup plus jeune que vous ?

Jeanne. — De dix-huit mois. Je l'ai toujours poussée à aller de l'avant. Je regrette qu'elle n'ait pas exploité davantage ses talents : elle dessine admirablement, fait de très jolies aquarelles, a même conçu un temps des costumes pour le théâtre, mais elle n'a jamais osé en faire un métier ! Peut-être couvait tout au fond d'elle-même l'idée qu'un artiste est toujours plus ou moins un bon à rien, comme dans l'esprit de nos ancêtres paysans. C'est un reproche que ma mère m'a fait plus d'une fois, bien qu'elle-même ait eu un certain talent pour la peinture.

RÉGINE : J'AI TOUJOURS DANS L'OREILLE LE TINTEMENT DU SEAU CONTRE LA PAROI DU PUITS
JEANNE : AH ! LE SILENCE DE LA PAYSANNERIE !

Régine. — J'imaginais que vous veniez d'une famille parisienne, passant seulement vos vacances dans la Sarthe…

Jeanne. — C'est effectivement le cas. J'ai été élevée à Paris. Mais mes deux parents étaient d'origine provinciale. Et les attaches paysannes de ma mère étaient très fortes. Sitôt quittée la capitale, on avait le sentiment de revenir chez soi. À La Chartre, mes deux grand-mères vivaient sous le même toit. Il y avait « mama », ma grand-mère paternelle, intelligente et sensible, ma préférée. Et ma grand-mère maternelle qui répondait au doux prénom de Désirée — elle était née après sept garçons ! —, mais qu'on appelait « mémé », une femme plus simplette, très gaie : une vraie petite paysanne qui avait vécu le plus clair de sa vie dans une ferme, non loin de là, à Couture-sur-Loir. À la Garenne, la maison de famille, elle élevait des poules, des canards, des oies, des lapins, des chèvres, des cochons — elle les appelait « les habillés de soie » ... Je la vois encore, l'œil très bleu, comme ma mère, drapée dans son sarrau noir — je n'ai connu mes grand-mères, toutes deux veuves, qu'en vêtements de deuil.

Régine. — J'ai vécu pour de bon à la ferme, dans un coin perdu de la Vienne. Mon père en était parti à l'âge de quinze ans, mais sa mère — elle s'appelait Lucie — a continué à cultiver la terre avec son autre fils et sa fille, dont le mari était mort à la guerre de 14. Nous y allions aux petites, aux grandes vacances. Pendant la guerre, en 1944, nous y sommes restés plusieurs mois. Plus tard, quand nous nous sommes installés à Montmorillon, le hameau de ma grand-mère Lucie était à douze kilomètres, et pendant deux ou trois ans, j'y suis allée, qu'il pleuve ou qu'il vente, tous les dimanches, sur une vieille bicyclette qui menaçait de rendre l'âme à chaque tour de roue. J'ai vraiment vu là-bas la fin du XIXe siècle ! On allait encore faire pipi derrière le bûcher.

Il n'y avait pas l'eau courante. On tirait l'eau au puits. J'adorais me pencher sur la margelle, ça me procurait une espèce de vertige. J'ai toujours dans l'oreille le tintement du seau contre la paroi. Je revois ma grand-mère ou ma tante revenir avec les seaux qui éclaboussaient. Chaque année, on chaulait l'intérieur de la maison pour éloigner les insectes — on enlevait alors les rares meubles. Je peux dessiner tout ça de mémoire, c'est fixé à jamais. Il y avait toutes sortes d'animaux, des poulets, des vaches, un âne, des chiens qu'on maltraitait, des chats, une ferme, quoi ! La cuisine était préparée dans l'âtre, on n'allumait la cuisinière que dans les grandes occasions, pour les vendanges, les moissons, la chasse…

Jeanne. — Ah ! Ces grandes fêtes autour des vendanges, des moissons, moi aussi, je les ai connues ! Là, Régine, vous deviez trouver enfin une vraie chaleur humaine ?

Régine. — Ce n'étaient pas des gens câlins, eux non plus, mais je me suis prise très tôt d'une immense affection pour eux. Ma grand-mère Lucie me rabrouait : « Ah, cette drôlière, toujours dans mes jambes ! » Ou encore : « Quelle mouche bouine ! » La « mouche bouine », en Poitou, c'est celle qui n'arrête pas de vous tourner autour. Quand on tapotait du pied sous la table, elle nous disait aussi : « Arrête de pétaquer ! » C'est joli, non ? À part ça, on ne se parlait pas, sauf pour dire des choses essentielles : « Passe-moi le pain. Est-ce que la viande est cuite ? »

Jeanne. — Le silence de la paysannerie…

Régine. — Je me sentais en harmonie avec cet univers. Je me souviens des jours où on tuait le cochon. Ou quand ma grand-mère préparait un civet de lièvre, une potée, avec la viande qu'on allait chercher dans le saloir. Tout ça avait des odeurs ! Avec ma grand-mère, j'allais aussi conduire les vaches aux champs. Quand il pleuvait, elle s'abritait sous un grand parapluie noir. Cette relation très intense s'est poursuivie jusqu'à l'année de mes seize ans. Et puis elle s'est interrompue. Ma grand-mère ne m'a pas supportée adulte. Ou, plutôt, elle n'a pas supporté que je devienne femme, elle m'a alors rejetée. N'empêche : j'ai aimé par-dessus tout cette femme, je l'aime encore. A-t-elle jamais su à quel point ?

Jeanne. — À vous écouter, je comprends combien ces ascendances paysannes ont compté pour nous deux, à quel point elles ont contribué à nous façonner. C'est peut-être difficile à saisir pour les jeunes générations citadines, mais je suis sûre que je dois beaucoup de mon équilibre à mes ancêtres paysans. Ils avaient une telle ténacité, un tel courage devant la vie, un tel réalisme. Sans eux, je ne suis pas sûre que j'aurais le même bon sens — une qualité à mes yeux essentielle. Je leur dois aussi sans nul doute mon côté un peu abrupt, pas trop civilisé. Et ma passion des jardins. Dans la maison que nous habitons depuis plus de trente ans aux environs de Saint-Germain-en-Laye, je m'occupe du potager. J'y cultive des herbes, des petits légumes... j'y cultive surtout les émotions de mon enfance. Je l'aime au point que j'ai fini par donner mon chien, pour éviter qu'il n'abîme mes plates-bandes.

Régine. — J'ai aussi très fort en moi ce goût de la nature. Et ce sentiment profond d'appartenir à la classe laborieuse, d'être fille de la terre, m'est très vite apparu comme un formidable antidote contre les mirages du milieu parisien, littéraire, politique, dans lequel nous vivons. J'y joue ma partie bien sûr, mais je ne lui appartiens pas…

J'aurais aimé avoir une terre.

Jeanne. — Une exploitation agricole, non, mais j'aurais beaucoup aimé avoir une maison de campagne. Mon mari n'en veut pas… Pour moi, ç'aurait été retrouver un peu de mon enfance, de ma vie à La Chartre. La Garenne, c'était le paradis terrestre. J'aurais voulu recréer ça. Un lieu où l'on se sente en harmonie avec le monde.

Régine. — Les lieux, les maisons, c'est important.

Jeanne. — Les maisons, c'est autre chose. Elles ont leur personnalité propre. Il faut du temps pour s'y sentir chez soi. Selon l'expression consacrée, elles ont une âme.

Régine. — J'aurais aimé non pas m'approprier cette âme, il faut toujours respecter le génie des lieux, mais… tout de même, en être, un moment, le détenteur…

J'ai acheté une maison de campagne et je me suis rendu compte que cette maison — je ne l'ai pas fait exprès — ressemble à l'endroit où vivait ma grand-mère paysanne.

Jeanne. — Ce n'est pas surprenant. Ce qui nous a marqué dans l'enfance demeure toujours en nous. On court après toute sa vie. Ah ! moi non plus, je ne me sens pas du tout parisienne.

Régine. — On est trop consciente de ce que ce monde-là comporte de comédie, de superficialité. Et puis, s'il faut pour réussir écraser l'autre ou accepter des compromissions... C'est bon de savoir qu'on peut s'échapper de cet univers si le désir vous en prend et qu'on n'en ressentira aucun manque.

Jeanne. — À vous écouter, je me demande si ce que vous disiez au début de cette conversation est vrai. Votre enfance a été plutôt heureuse, non ?

Régine. — Plutôt, oui. Pas toujours facile à cause de la guerre, à cause aussi de la situation matérielle des parents qui n'était pas des plus brillantes. Mais heureuse, oui. Je dirais même d'une richesse, d'une diversité inouïes à cause de cette dimension campagnarde, de nos déménagements successifs. Heureuse malgré mon caractère, ma révolte permanente contre mon milieu, contre mes parents. Enfin, contre ceux qui se prétendaient mes parents, car j'étais persuadée d'être une enfant trouvée, même si le hasard voulait que je ressemble beaucoup à mon père... Vous n'avez pas eu ce genre de fantasmes ?

Jeanne. — J'aimais me raconter des histoires de ce genre, mais je n'y ai jamais vraiment cru. Pour moi, l'enfance a été une période bénie, illuminée par l'amour que me portait mon père, en dépit des terreurs que maman me causait. C'est à l'adolescence que tout a dérapé. Je l'ai ressentie comme une période trouble, malsaine. Je pense que j'étais inconsciemment amoureuse de papa, comme toutes les filles, et que j'en voulais un peu à maman de cet amour physique qui l'unissait à mon père. Je me persuadais que maman ne m'aimait pas, qu'elle m'avait toujours préféré ma sœur. J'étais malheureuse comme les pierres. Je me réfugiais la plupart du temps dans les livres.

RÉGINE : JE DÉVORAIS TOUT, AUCUN LIVRE NE M'ÉTAIT INTERDIT

JEANNE : SUR UNE ÎLE DÉSERTE, JE LIRAIS LE BOTTIN

Régine. — Vous avez toujours aimé lire ?

Jeanne. — À cinq ans, j'ai circonvenu ma grand-mère maternelle pour qu'elle m'apprenne à lire, j'embêtais tout le monde pour qu'on me raconte des histoires. À partir de là, je n'ai plus quitté les livres. Je crois d'ailleurs que, si, aujourd'hui, je me retrouvais sur une île déserte, je lirais le Bottin si je n'avais que lui sous la main. Mais j'imagine que cette passion des livres, vous l'aviez aussi.

Régine. — On assure dans la famille que je savais lire à trois ans… À six ans, en tout cas, je lisais couramment, et j'adorais ça. C'est à ma grand-mère Lucie — la campagnarde — que je dois cette passion : elle avait toujours un livre dans la poche de son tablier. Quand elle gardait les vaches, elle s'asseyait pour lire au pied de la haie, à l'écart des autres femmes. Elle lisait des petites publications à vingt centimes, mal imprimées, à la couverture illustrée, qui, pour avoir été lues et relues, étaient sales, usées, déchirées.

Dans les greniers à grains de la ferme, il y avait des maies pleines de livres. Toute la littérature était là, la pire et la meilleure. Victor Hugo et Paul Féval, Lamartine et Zévaco, George Sand et Delly, Voltaire et Léo Taxil, et Zola, Daudet, Maurice Leblanc, Gyp... Je lisais tout ce qui me tombait sous la main, des aventures rocambolesques, des romans d'amour larmoyants. Il n'y avait pas d'interdits...

Jeanne. — Heureuse fille ! Moi, j'avais découvert dans la bibliothèque de mon père toute une série de livres défendus que je dévorais en cachette, le cœur battant, la sueur au front, dans la hantise d'être découverte. Il y avait entre autres l'histoire de Messaline, *Amours étrusques*... Ça me mettait dans tous mes états ! C'était assez malsain, comme je vous l'ai déjà dit.

Régine. — En fait de lectures malsaines, je trouve bien pires ces Delly, ces Myonne, ces Max du Veuzit, ces Henry Bordeaux, dont je me délectais et qui donnent une vision complètement dévalorisante de la femme.

Jeanne. — Tout à fait d'accord !

Régine. — Et puis, en littérature, la sensualité, cet art du sous-entendu, n'est pas toujours où l'on croit. J'entends encore ma fille Camille, alors âgée de douze ans, me dire, après avoir lu *Thérèse Raquin* : « Tu sais, maman, ça m'a fait quelque chose. » Je me suis demandé ce qu'elle avait bien pu trouver chez Zola qui la trouble à ce point, et elle m'a désigné une phrase du doigt : « Et au premier baiser, elle se révéla courtisane. » Vous imaginez le voyage que fait une enfant douée d'imagination !

JEANNE : J'AVAIS DES RÊVES D'AMOUR PLEIN LA TÊTE
RÉGINE : CHEZ MOI, TOUT CE QUI ÉTAIT SEXUEL ÉTAIT TABOU

Jeanne. — Enfant, j'étais terriblement travaillée par mes pulsions, très attirée par les secrets de l'amour. Avec cette ambiance de sensualité qui régnait à la maison… Quand mon père regardait ma mère, il passait entre eux quelque chose que je ne savais pas nommer, une connivence de gens qui… couchaient ensemble et aimaient coucher ensemble.

Dans *La Chambre des dames*, je mets en scène une petite fille qui regarde des gens en train de faire l'amour : ma sœur et moi avons longtemps dormi dans la chambre de nos parents, à La Chartre ; j'entendais les craquements du lit, de drôles de bruits, je restais aux aguets une partie de la nuit. Heureusement, mon père m'a parlé de tout cela très tôt. Il avait bien senti combien j'étais troublée, inquiète. Il faut dire qu'à la campagne il y a partout de l'amour dans l'air, je voyais les chiennes en chaleur, les chevaux saillir les juments. Je me souviens encore d'être restée en arrêt devant notre jument, Négrose, tandis qu'elle urinait : entre les fesses nerveuses et musclées, j'avais alors vu apparaître la chair rose vif du sexe, d'ordinaire dissimulé par les longs crins durs de la queue ; et voir ce sexe s'ouvrir et se refermer tour à tour a été pour moi une troublante révélation. Papa ne voulait pas que je me perde dans des suppositions anarchiques. Il m'a expliqué comment les choses se passaient dans un couple, m'a décrit, à demi-mot, les pratiques amoureuses admissibles et celles qui ne l'étaient pas.

Régine. — Vos premières règles ont-elles été une étape importante de votre vie ?

Jeanne. — J'avais douze ans, j'avais été prévenue, donc... Non.

Régine. — Moi, je n'avais pas été prévenue ! Je les ai eues assez tard, à quatorze ans. J'ai considéré ça comme quelque chose de très, très désagréable — humiliant, je n'irais pas jusque-là, mais très désagréable.

Jeanne. — Certains parents ont pour ces choses une pudeur déplacée et très critiquable. Une enfant qui ne sait pas ce qui se passe est complètement perdue au moment de ses premières règles. Mais, pour moi, ce qui fait vraiment basculer une fille dans l'adolescence, c'est quand les seins commencent à pousser. On a le sentiment de devenir une femme. Et le regard des hommes sur vous change.

Régine. — On peut lire dans leur regard : « Cette petite est bonne à prendre... »

Jeanne, vous avez donc été une petite jeune fille plutôt délurée ?

Jeanne. — Ah non, pas du tout, pas du tout ! J'avais des rêves plein la tête, ça oui. À dix ans, pendant les vacances, je me prends d'une folle passion pour un jeune paysan de La Chartre, costaud et rouquin. C'est mon premier amour. De retour à Paris, pour prolonger cette jubilation secrète, tous les soirs, je pose les mains sur le grand miroir accroché à proximité de mon lit, de sorte que le froid dégagé par cette surface lisse et glacée me tienne plus longtemps éveillée et me permettre de penser à lui. L'été d'après, Maurice, un brun aux yeux vifs, croisé lors d'une partie de cache-tampon, bouleverse mon cœur. À douze ou treize ans, toujours romanesque, je soutiens activement les amours de mon grand cousin, Pierre. Il a une vingtaine d'années, je le trouve beau comme un astre avec ses cheveux noirs, gominés comme ça se faisait à l'époque. La famille de sa petite amie est opposée à leur relation : je passe des billets de l'un à l'autre, je fais le guet lors de leurs rencontres. C'est une si belle chose que leur amour ! Hélas, Pierre finira par se marier bêtement avec une fille qu'il n'aimait pas.

Régine. — Adolescente, vous avez tout de même fini par connaître l'amour autrement que par procuration ?

Jeanne. — Non, j'ai toujours été sage, moins par tempérament que par obéissance. J'avais un sentiment très fort du bien et du mal. Et le bien, c'était avant tout de ne pas déplaire à mon père. Papa m'avait dit : « Si jamais tu as un enfant hors mariage, je te ferai avorter. » Une réflexion pareille m'avait terrifiée. Un avortement n'étant pour moi tout bonnement pas concevable, c'était une sorte d'interdit moral qui m'était ainsi imposé. Avant André, mon mari, jamais je n'ai seulement embrassé un garçon.

Régine. — Vous n'en avez pas voulu à votre père ?

Jeanne. — Non, je l'aimais si tendrement. Et puis, en n'acceptant pas que nous puissions « fauter » comme on disait en ce temps-là, il exprimait sans doute des regrets sur sa jeunesse à lui : il avait eu beaucoup d'aventures avant de se marier et se reprochait cette vie très libre. Enfin, c'est ce que je pense maintenant, mais, jeune fille, je ne me serais pas permis d'émettre quelque jugement que ce soit sur les oukases paternels.

Régine. — Au moins, vous saviez, vous ! Chez moi, tout ce qui était sexuel était tabou. On nous enjoignait seulement de ne pas toucher les « parties honteuses » de notre corps, de ne pas avoir de « mauvaises pensées ». L'ennui, c'est que ces « mauvaises pensées » procuraient un trouble physique délicieux, ça, je le savais, pour avoir parfois entr'aperçu un exhibitionniste dans les bosquets d'un square, ou encore pour avoir lu *Le Blé en herbe* de Colette et *Candide* de Voltaire, deux livres qui ont eu une influence majeure sur ma perception de la sexualité et de l'érotisme. Dans *Candide*, le mot « cul » revient tout le temps. Or on n'employait jamais un gros mot à la maison. Je crois bien avoir dit « merde » pour la première fois l'année de mes dix-huit ans...

Jeanne. — Jamais mon père n'a prononcé un gros mot devant moi. Et il ne me serait même pas venu à l'idée d'en prononcer un devant lui. Au pire, il lui arrivait de lancer un « Cré nom de nom ! » retentissant.

Régine. — Ce n'est pas pour rien qu'on disait « jurer comme un charretier » : ça ne se faisait pas. À l'école, on nous interdisait de jurer sur le nom de Dieu. Les paysans, eux, lançaient des « Sacré nom d'un chien ! », et, dans les grandes occasions, un « Sacrée fi' d' garce ! »...

RÉGINE : LE PRINCIPAL SOUVENIR DE MON ADOLESCENCE, C'EST LA HAINE
JEANNE : UNE PÉRIODE DÉTESTÉE !

Régine. — À treize, quatorze ans, j'étais très attirée par les hommes, par les choses de l'amour, mais je n'en savais pas grand-chose. Si je ferme les yeux et que je repense à cette époque, j'ai l'impression de me trouver devant un mur. Le monde extérieur fait peur. On aimerait poser des questions et on n'ose pas. On se fait rembarrer. Pendant la guerre, il y a tellement de choses que j'aurais voulu comprendre : « Pourquoi Untel est milicien ? », « Combien de temps les Allemands vont-ils rester ? » Chaque fois, on me répondait : « Mais tais-toi. Tout ça, c'est l'affaire des grandes personnes, ce n'est pas de ton âge ! »

Jeanne. — Rien que de vous entendre, je replonge dans cette période détestée !

Régine. — J'ai dû faire face à un épisode particulièrement douloureux. Nous étions alors à Montmorillon et je suis tombée amoureuse de Mélie, une fille de mon âge. Quand elle m'a dit que des femmes pouvaient s'aimer entre elles, je me suis mise à pleurer. Je ne pensais pas que c'était une chose possible. Ça ne me semblait pas bien :

j'étais tellement imprégnée par la notion de péché.

Bref, je tenais mon journal où je racontais tout, mon amour, mes lectures et les potins de l'époque. On me l'a volé et lu sur la place publique. J'entends encore ma mère dire à mon père : « Régine fait des choses sales. » J'ai mis très longtemps à leur pardonner. Il y a eu une plainte déposée par le curé, les gendarmes sont venus à la maison. Moi qui vivais déjà avec le sentiment de ma différence — je lisais beaucoup, les autres enfants et adolescents ne lisaient pas ; je m'intéressais à mille choses, ils ne s'intéressaient à rien ; j'étais hyperactive, ils ne faisaient rien sinon traîner, se baigner dans la rivière du coin, et jouer mollement au tennis. Après l'épisode du cahier volé, je me suis retrouvée exclue de notre petite ville. Je me faisais insulter, gifler dans la rue, on me traitait de putain. Les bonnes sœurs m'ont renvoyée, ainsi que ma petite sœur, et je passais alors une année à tenter de m'instruire toute seule, mes parents n'ayant pas les moyens de nous envoyer étudier en dehors du département et aucun établissement n'acceptant de nous recevoir. Je me vois encore me cachant sous les ponts pour m'abriter de la pluie, fumant des cigarettes et lisant, lisant… Avec ces sentiments mêlés, exclusion et haine. Le principal souvenir de mon adolescence, c'est la haine, le désir de tuer, d'éliminer mes ennemis, ceux qui cherchent à me faire du mal. Comment comprendre l'intolérance du monde des adultes ? J'étais déjà spontanément rebelle, cette histoire n'a fait qu'exacerber mes tendances naturelles.

À neuf ans, lors de la Libération, j'avais assisté à Montmorillon au défilé des femmes tondues…

Jeanne. — Ces images me sont restées aussi. Un souvenir atroce : cette façon de marquer ces femmes du sceau de l'ignominie, c'était abominable.

Régine. — Toute la ville assistait au « spectacle », applaudissant ; ma mère, ma grand-mère, la sage-femme qui nous avait tous mis au monde — elle vociférait plus fort que les autres. À vrai dire, je ne me rappelle pas bien l'attitude de maman, sans doute était-elle un peu gênée que ses enfants assistent à cette horreur. Et soudain, en fin de cortège, j'ai vu mon père — il était parti très tard pour le maquis, comme la majorité des gens —, et lui, que je connaissais si élégant, portait pour l'occasion un foulard rouge, un béret sans forme, des bottes fatiguées, une mitraillette en bandoulière. Le voir participer à ce triste rituel ! J'ai ressenti à ce moment-là un tel dégoût que je me suis sauvée en courant…

À l'adolescence, c'est simple, tout me dérange — et tout dérange chez moi. J'entends encore les bonnes sœurs : « Mais enfin, mademoiselle Deforges, attachez vos cheveux ! » Comme j'étais mignonne, j'ai découvert très tôt la puissance que peut exercer un corps sur les autres, contre les autres. J'ai vite aimé être nue. Au bord de la mer, quand les premiers bikinis sont apparus, je les réduisais à leur plus stricte expression, et ma mère me disait : « Tu n'as pas honte ? » Sur la rivière, je passais, allongée sur ma périssoire, largement dévêtue, et les lavandières me traitaient de sale petite traînée.

RÉGINE : J'ÉTAIS UNE ALLUMEUSE, PAS UNE COUREUSE !
JEANNE : JE NE PEUX DISSOCIER LE SEXE DE L'AMOUR

Jeanne. — Vous en rajoutiez quand même un peu dans la provocation…

Régine. — Déjà, quand j'avais huit ans, on disait que j'étais une coquette, une coquine, une « frileuse », je recherchais les câlins — je n'en avais pas tellement à la maison —, je me frottais aux hommes : ils étaient horriblement gênés ! J'ai eu de la chance de ne pas tomber sur un saligaud…

En tout cas, Jeanne, si cela peut vous rassurer, j'étais une allumeuse mais pas une coureuse. Je provoquais peut-être, mais il n'y avait pas grand monde en face, j'étais encore tout ce qu'il y a de plus vierge quand a commencé mon histoire avec Mélie. Il faut dire que les garçons, face aux filles, étaient d'un timoré !

Jeanne. — L'auraient-ils été moins…

Régine. — … que j'aurais été moins sage ! Pour moi, c'est une chose tellement naturelle d'avoir envie de faire l'amour. Il faut être simple : manger quand on a faim, boire quand on a soif, baiser quand on en a envie. En jetant aux orties cette culpabilité autour de la sexualité, cultivée pendant des siècles par notre civilisation occidentale.

Jeanne. — Et l'amour ?

Régine. — Le plaisir est plus grand, c'est évident, quand on fait l'amour avec quelqu'un qu'on aime. Mais voilà... On ne peut pas aimer tous les gens pour lesquels on éprouve du désir. Je n'ai pas été amoureuse un nombre de fois extraordinaire dans ma vie !

Jeanne. — Je n'imagine même pas qu'on puisse dissocier le sexe de l'amour. Je vous ai déjà dit à quel point, adolescente, j'avais de l'amour une vision idéalisée. Je rêvais de l'amour physique mais d'une façon un peu abstraite. Et puis, un jour, je n'avais pas vingt ans, j'ai rencontré mon futur mari. Mais parler de cela, c'est déjà accepter l'idée qu'on en a fini avec l'enfance...

RÉGINE : J'AI TRAVAILLÉ COMME CAISSIÈRE AU CRÉDIT LYONNAIS DE CONAKRY

JEANNE : JE N'AI MÊME PAS PASSÉ MA LICENCE DE LETTRES

Régine. — Vous qui avez quelques années de plus que moi, avez-vous été élevée dans l'idée d'avoir un métier ?

Jeanne. — J'ai treize ans de plus, exactement, ce n'est pas rien ! À l'époque, il n'était guère concevable d'élever une fille de la bourgeoisie avec l'idée qu'elle travaillerait. J'ai tout de même passé mon bac — papa y tenait beaucoup — en apprenant par cœur tous les théorèmes — j'étais nulle en maths. Après quoi, j'ai fait deux ans d'études littéraires à la Sorbonne, mais je n'ai même pas poussé jusqu'à la licence. Il faut dire que c'était pendant la guerre. J'avais l'impression de travailler dans le vide. Et mes parents, même mon tendre père, ne me soutenaient pas. Dans les années cinquante, on était déjà un peu plus ambitieux pour les filles, non ?

Régine. — Pour moi, l'avenir était quelque chose de totalement opaque. Nous allions en classe parce qu'il fallait bien y aller ; et tant qu'à faire, mieux valait être bonne élève. Mais au-delà… Si papa avait seulement tenu à ce que j'aie mon bac, comme y tenait votre père, je crois que cela m'aurait énormément stimulée. Mais ça ne l'intéressait pas. Pas plus que de me voir entreprendre des études supérieures, ou seulement une formation professionnelle. Jamais on ne m'a demandé le métier que je voulais exercer plus tard. C'est d'autant plus étonnant que maman, elle, avait travaillé comme secrétaire avant son mariage. Pour tout dire, j'ai l'impression que nous n'étions pas vraiment considérées comme des personnes. La seule finalité qu'on nous avait jamais présentée à ma sœur et à moi, c'était le mariage.

J'ai longtemps regretté de ne pas avoir fait d'études. J'ai fini par accumuler, bien sûr, des tas de connaissances mais je sens bien qu'il me manque souvent une certaine rigueur. Et je me mords les doigts de ne pas connaître de langues, je baragouine seulement un peu d'anglais et d'espagnol…

Jeanne. — Ah ça, moi aussi, j'aurais adoré être polyglotte. Mais, avant la guerre, on pensait encore que le monde entier parlait français.

Régine. — Quand j'avais dix-sept ans, mes parents sont partis pour la Guinée. J'avais espéré continuer là-bas mes études, mais il n'y avait pas de lycée. Du coup, mon père m'a obligée à travailler, ce que j'ai trouvé de la dernière indécence. Je me suis retrouvée à la BNCI de Conakry. Je me souviens du grand hall avec des ventilateurs. Quand on m'a remis mon premier salaire, je me suis mise à pleurer de honte, sentant bien que je ne le méritais pas. J'étais tellement nulle qu'on m'avait mise là où l'on ne mettait ni les Noirs ni les Blancs, mais les métis : aux archives... Il y avait là une fille ravissante, assez claire de peau, qui faisait mon boulot pendant que je me cachais derrière les cartons pour fumer et lire. Ensuite, j'ai été caissière au Crédit Lyonnais — je ne savais pas compter, je comptais sur mes doigts sous le bureau. Je ne savais rien faire. Je me rappelle encore la première fois où j'ai voulu téléphoner en automatique, il a fallu m'y reprendre dix fois...

Jeanne. — Côté cœur, au moins, les choses allaient mieux ?

RÉGINE : J'AI JOUÉ MON MARIAGE AUX DÉS
JEANNE : NOUS NOUS SOMMES VUS, NOUS NOUS SOMMES AIMÉS

Régine. — En Afrique, je n'ai pas été longue à rencontrer des garçons. Parmi eux, il y avait Pierre, un Suisse de dix ans mon aîné qui avait monté sa propre compagnie d'assurances. Il me sortait, me servait de cavalier dans les bals, me faisait la cour. Et il m'a demandée en mariage. Ma première réaction a été de dire non : je n'étais en rien amoureuse de lui. Mais il m'offrait la possibilité d'échapper à ma famille, de revenir en France. Pierre m'avait mis dans la tête que je pourrais faire du théâtre et du cinéma, chose à laquelle je n'avais jamais pensé. Alors, je lui ai proposé de jouer notre mariage au 421. « Si je perds, je t'épouse. » On jouait beaucoup au 421 dans les « colonies » comme on disait. J'ai donc joué. Et j'ai perdu. Dette de jeu, dette d'honneur, j'ai épousé Pierre un mois plus tard.

Jeanne. — C'était puéril ! Vous deviez bien être quand même un peu amoureuse ?

Régine. — Mais non, je vous assure. Je croyais même à l'époque en aimer un autre, un très beau garçon, nettement plus vieux que moi, lui aussi, dont j'ai d'ailleurs été la maîtresse quelques années plus tard, au moment où je quittais mon mari.

Jeanne. — Parce que ce mariage joué aux dés…

Régine. — … n'a évidemment pas duré. Une clause du mariage voulait que, si ça ne marchait pas, nous divorcerions au bout d'un an. Très vite, j'ai réalisé que le mariage était un enfermement supplémentaire. J'aurais dû me souvenir qu'adolescente déjà, je le voyais comme une dépendance terrible. Quand j'étais petite, au lieu d'écrire sur les lettres : « Monsieur et Madame », comme tout le monde, je mettais « Madame et Monsieur ».

Jeanne. — Tiens, moi aussi !

Régine. — Aujourd'hui encore, je continue à avoir la plus grande méfiance envers le mariage. Quand Camille, l'aînée de mes filles, m'a annoncé qu'elle allait convoler, je lui ai dit : « Mais tu es complètement folle ! Tu n'es pas bien comme ça ? »

Jeanne. — Vous vous êtes remariée pourtant...

Régine. — Avec Pierre Wiazemsky, le père de Léa, ma cadette. Ma belle-mère, la princesse Wiazemsky — la fille de François Mauriac —, était heureuse qu'on régularise notre union, et puis c'était l'occasion d'une jolie fête... Mais je ne suis pas sûre que le mariage soit le bon choix pour moi. Quand je m'imagine vieille, je m'imagine seule. Pas vous ?

Jeanne. — Ah non ! Ce serait un tel déchirement pour André et moi d'être séparés ! Pensez que nous sommes mariés depuis plus de cinquante ans !

Régine. — Comment l'avez-vous connu, ce mari adoré ?

Jeanne. — Ma marraine m'a présenté mon futur mari — comme elle avait déjà présenté mon père à ma mère ! C'était pendant la guerre, à la Pentecôte 1941. Elle avait alors élu domicile à La Chartre dans une pension de famille juste en face de chez nous, où André vivait aussi. Il sortait d'un sanatorium où il avait été soigné pour une tuberculose, un méchant virus qu'il avait attrapé en couchant dans des caves lorsqu'il était mobilisé comme sursitaire. À l'époque, les antibiotiques n'existaient pas, et les « pulmonaires » comme on disait étaient légion. Certains mouraient, André a eu une grande chance de s'en tirer. À l'époque, je tentais de monter un spectacle avec des amis pour recueillir des fonds à l'intention des prisonniers, et ma marraine m'a dit connaître un jeune homme qui pourrait jouer dans la pièce. J'ai rencontré le jeune homme en question. André avait trois ans de plus que moi, il chantait à ravir *Je tire ma révérence*, la chanson de Jean Sablon. Nous nous sommes vus, nous nous sommes aimés, nous nous sommes fiancés en décembre 1941.

JEANNE : J'AI VÉCU LA GUERRE DANS UNE BULLE
RÉGINE : JE RÉSISTAIS À MA MANIÈRE, DU HAUT DE MES HUIT ANS

Jeanne. — Oserais-je l'avouer ? La guerre est pour moi avant tout l'époque de ma rencontre avec André, la découverte de l'amour, le vrai. Nous nous sommes mariés en juin 1942 et, après un voyage de noces dans les Pyrénées, nous nous sommes installés à Tours chez mes beaux-parents, en attendant la fin des hostilités. Je sais qu'aujourd'hui cela peut paraître scandaleux, mais nous vivions dans une bulle. Cette période épouvantable, je l'ai traversée sans vraiment la voir. Je n'en garde que quelques images fortes, comme les nuits de bombardements, le sinistre défilé des femmes tondues, dont nous avons parlé, ou l'angoisse quotidienne d'une camarade de faculté que j'admirais beaucoup et qui, étant juive, devait se cacher des Allemands pour assister aux cours sous un faux nom. Et impossible d'oublier le retour des camps de concentration : j'étais alors revenue à Paris, et faisais partie d'un office chargé d'aider les déportés. Je les revois encore débarquant à l'hôtel Lutétia, décharnés, en tenue de bagnard.

Régine. — Vous n'avez pas été attirée par la Résistance ?

Jeanne. — Non, j'étais apolitique dans une époque où tout était politique, mais où je suis restée spectatrice parce que j'avais le sentiment de n'avoir aucun pouvoir sur les événements et peut-être aussi, je dois le reconnaître, parce que je ne me sentais pas menacée...

Bien sûr, j'étais antiallemande. Certains de mes amis se sont engagés dans la Résistance et l'ont payé chèrement puisque trois d'entre eux sont morts en déportation, dans des conditions effroyables, l'un d'eux enfermé dans un fourgon à bestiaux. Mais, moi, je n'ai pas agi.

Régine. — À mon sens, la Résistance n'était pas de la politique ; rien que l'urgence de combattre l'occupant. J'ai remarqué que presque toutes les femmes qui sont entrées dans la Résistance étaient issues soit de familles ultra-catholiques, soit de familles communistes. Les femmes des classes moyennes n'ont pas bougé.

Jeanne. — La guerre m'a toujours révoltée. J'ai toujours trouvé effroyable l'idée que des êtres puissent se massacrer entre eux. Mais, d'une certaine façon, ce pacifisme bête m'a mise hors jeu, hors l'histoire qui se faisait devant mes yeux.

Régine. — Dans le milieu où je vivais, au contraire, les gens ont pris nettement position. Très tôt, j'ai été au fait de ce qui se passait. Je lisais les journaux — y compris *Le Canard enchaîné*. J'écoutais la radio de Londres avec mon père. J'entends encore la voix de Maurice Schumann. Je ne participais pas aux conversations des grands, mais je comprenais à demi-mot que mon père faisait partie d'un réseau clandestin de cheminots, qu'il y avait urgence à cacher les amis juifs ou à les envoyer ailleurs, qu'il y avait des parachutages dans la région où était ma grand-mère Lucie.

Je résistais à ma manière, du haut de mes huit ans. En secouant la tête d'un air rogue quand les Allemands s'amusaient à tripoter ma crinière bouclée. En refusant de leur adresser la parole. En évitant de passer dans certaines rues de Limoges, parce que c'était là que la Gestapo interrogeait les gens. En regardant avec dédain les « poules » — c'était l'expression utilisée pour désigner ces femmes que l'on voyait riant haut et fort aux bras des Allemands, avec de gros manteaux de fourrure, les cheveux coiffés en hauteur, très maquillées... Limoges n'est pas loin d'Oradour-sur-Glane : on a appris tout de suite le massacre. On vivait avec cette présence permanente de la guerre. Mais, honnêtement, je trouvais ça formidable. Plutôt que de jouer, comme tous les enfants, au gendarme et au voleur, on jouait à la guerre, au maquis.

Après la Libération, on fusillait, on mitonnait de subtiles tortures pour nos ennemis...

Le seul problème, c'est que personne ne voulait faire l'Allemand ! Enfin, tout ça pour dire que, j'aurais eu sept ou huit ans de plus, je me serais engagée dans la Résistance, j'en suis sûre à quatre-vingt-dix-neuf pour cent.

JEANNE : MARIÉE, J'AI PU ENFIN M'HABILLER COMME JE L'ENTENDAIS
RÉGINE : EN ME MARIANT À DIX-HUIT ANS, JE DEVENAIS UNE DAME

Jeanne. — Après votre mariage, vous êtes entrée dans l'âge adulte…

Régine. — Je ne suis pas encore tout à fait sûre, aujourd'hui, d'avoir franchi le pas !

Jeanne. — Je n'ai même pas eu le temps de prendre conscience que je passais du statut d'adolescente à une vie de femme. À vingt ans, je me suis retrouvée amoureuse, mariée, affranchie de maman. J'étais propulsée dans une vie nouvelle, même si je continuais mes études à la fac. C'était amusant d'être soudain considérée comme une dame ! J'ai pu enfin m'habiller comme je l'entendais. J'ai changé de coiffure, je me suis fait un gros chignon entouré d'une natte, cela donnait un ensemble que je trouvais assez joli…

Régine. — En ce sens, moi aussi, en me mariant à dix-huit ans, je devenais une dame ! Je pouvais porter un fourreau noir, des talons très hauts — et je courais avec ! Tout d'un coup, je pouvais montrer mon corps. Pour l'époque, j'avais une notion assez élastique de la pudeur…

Jeanne. — Je me souviens d'une robe d'un rouge flamboyant que je portais un jour, à une vente d'écrivains. J'ai demandé à Paul Géraldy de me dédicacer un livre, et il a murmuré : « Une déesse », en m'enveloppant du regard. Cela m'a d'autant plus touchée que c'était un poète célèbre, en plus d'être un homme à femmes. Vous voyez comme j'étais coquette !

Mais, Régine, vous aussi, le mariage vous a permis de vous affirmer davantage en tant que femme !

Régine. — Pas en tant que femme ! J'ai vaguement essayé de jouer à la femme mariée, mais ce rôle m'allait si mal... Je me vois encore pleurer en ayant envie de tout casser le jour où ma belle-mère m'a demandé pour la première fois d'essuyer la vaisselle ! Quant à l'idée de pousser un jour un marmot dans sa poussette, c'était pour moi l'image d'une déchéance totale !

Je me suis inscrite un temps au cours Simon. Je n'y suis restée qu'un an. Mais jouer la comédie m'a semblé ambigu. Le jour de ma première audition — je devais jouer une scène et lire un poème — j'avais dix-huit ans, j'étais jeune, mignonne, et j'avais choisi le rôle d'Hermione et *Les Bijoux* de Baudelaire... Je n'avais pas le physique de l'emploi... René Simon m'a écoutée, puis m'a dit que ce n'était pas du tout mon truc, que je devrais jouer des rôles de soubrettes et de jeunes premières... Soubrettes ! Qu'est-ce qu'il n'avait pas dit là ! Je me suis mise en colère, j'ai tapé du pied sur la scène, je lui ai dit que ce n'était pas vrai... Il m'a crié : « Sortez, mademoiselle ! » et je suis partie. Il était hors de question que je joue « le petit chat est mort », je voulais incarner Phèdre, Hermione, des rôles tragiques…

Jeanne. — Regrettez-vous d'avoir abandonné cette carrière ?

Régine. — Pas du tout. Plus tard, j'ai fait des essais pour le cinéma et je ne supportais pas d'être comédienne de cinéma. Pour avoir moi-même réalisé des films, je sais qu'un acteur de cinéma n'est rien de plus qu'un objet, on peut le déplacer, le faire recommencer, la scripte note ce qui le concerne… C'est un objet manipulé par le metteur en scène. À l'époque, je ne pouvais pas supporter qu'on me donne des indications. Voyez à quel point j'étais stupide !

Je souffrais d'une sorte de blocage dans mes rapports avec les autres, j'avais une telle conscience de mon ignorance ! En fait, je ne savais pas ce que je voulais faire. Je souffrais de ne pouvoir gagner un peu d'argent, je rêvais d'être autonome ; c'était horrible d'être dépendante de ma belle-famille sur le plan financier. Il faut dire que mon mari me donnait de l'argent au jour le jour. Il a pris cette mesure quand il a vu que je dépensais en deux ou trois jours l'argent du mois. Il le faisait plutôt gentiment, pour me protéger de moi-même. Mais je l'ai très mal vécu. Pour cuver mon humiliation et ma colère, je m'enfuyais. On habitait Pontoise à l'époque : je prenais le train pour Paris et traînais des journées entières dans les rues.

Jeanne. — Je n'ai jamais ressenti cette impression de dépendance, même si je m'occupais à l'époque de la gestion du ménage — aujourd'hui, elle incombe à mon mari, et c'est très bien comme ça ! André était suffisamment délicat pour que j'assume ce rôle traditionnel de gardienne du foyer sans me sentir lésée en aucune manière. Nous avons toujours eu une communauté d'argent totale. On a toujours tout partagé.

Régine. — Moi qui n'avais rien en me mariant, j'avais exigé qu'il y ait un contrat de séparation de biens. Je ne voulais pas qu'on m'accuse de m'intéresser à mon mari, qui était d'une famille riche, pour son argent.

JEANNE : J'ACHÈTE CE QUI ME PLAÎT
RÉGINE : L'ARGENT EST FAIT POUR ÊTRE DÉPENSÉ

Jeanne. — Je suis aussi dépensière que mon mari l'est peu. Par réaction, une fois encore, contre ma mère qui avait un sens aigu de l'économie. Avec elle, il n'y avait pas de petits profits, jamais on n'aurait acheté de la crème, on la prélevait sur le lait. Elle était capable de faire des kilomètres pour acheter un bonbon ou une épingle moins cher, je trouvais ça d'un mesquin !

Régine. — À la maison aussi, on était « regardant », tout simplement parce qu'il y avait vraiment peu d'argent. Mais maman mettait tout de même son point d'honneur à nous habiller le mieux possible, elle nous achetait régulièrement des vêtements neufs.

Jeanne. — Maman nous affublait, ma sœur et moi, de robes qui étaient des horreurs ! Enfin, bref, réaction ou non, je n'ai jamais attaché trop d'importance à l'argent. J'achète ce qui me plaît, des achats « d'impulsion », comme on dit.

Régine. — L'argent, c'est fait pour être dépensé : pas de bas de laine ! J'en ai manqué toute ma vie jusqu'au succès de *La Bicyclette bleue*. Depuis, je n'ai pas tellement modifié ma manière de vivre, sinon que, comme vous, si je vois un tapis, ou un tableau, ou des bottes qui me plaisent, je les achète ! Mais je suis sûre que, si, demain, je ne pouvais plus m'offrir tous ces trucs, je m'en passerais.

Jeanne. — J'ai bien l'impression que nous sommes toutes les deux de vrais paniers percés...

En fin de compte, la révolte qui vous habitait très jeune s'est révélée féconde.

Régine. — Je le crois. Douloureuse mais féconde. Encore fallait-il réussir à sortir de l'espèce de cage où j'avais l'impression de me trouver. Et cela, je le dois au travail. En fait, je suis une miraculée des livres, de la littérature.

Jeanne. — Écrire a aussi été pour moi une façon de devenir moi-même mais je ne suis pas une rebelle — je le regrette parfois. J'ai parfois l'impression de n'être pas allée jusqu'au bout de moi-même, de n'avoir pas libéré toutes mes possibilités... Mais j'ai trouvé ma place dans la société de façon harmonieuse. Je n'ai pas eu à me battre — sinon contre ma mère ! Toute ma vie, je me suis sentie protégée : par mon père, par mon mari, par mes trois enfants aussi.

Régine. — Je ne dirais pas que je vous envie parce que je n'ai pas un caractère envieux, mais je regrette de ne pas avoir connu cette tranquillité.

Jeanne. — Vous devez me trouver bien conventionnelle… En fait, ce sont les circonstances qui ont fait nos vies si différentes. Dans votre situation, j'aurais peut-être éprouvé les mêmes sentiments que vous. Le même rejet. Mais ce n'est pas sûr, il se trouve que j'ai un caractère plutôt souple. La société, aussi traditionaliste soit-elle, n'a jamais été un poids. Et si je me posais des questions, je les ai toujours résolues grâce à mon optimisme naturel. Je sais tout ce qu'il y a de mauvais en l'homme, mais je crois que le bien finit toujours par l'emporter.

Régine. — Je suis également fondamentalement optimiste ! Seulement, adolescente, puis jeune femme, je ne le savais pas…

JEANNE : AVEC MON PREMIER FILS, J'AI DÉCOUVERT LE RESPECT
RÉGINE : LORS DE LA NAISSANCE DE FRANCK, J'ÉTAIS COMME UN ANIMAL PRIS AU PIÈGE

Jeanne. — À vingt ans, mon seul souci, c'était de fonder une famille. Les enfants me semblaient, et me semblent, indissociables du mariage ; ils sont vraiment pour moi le signe de l'amour d'un couple. Quand mon fils aîné est venu au monde en mai 1945, quelques jours après l'armistice, j'ai découvert un sentiment très puissant qui m'était étranger, j'ai découvert le respect. Ce petit être qui venait de naître m'a brusquement appris le respect de l'autre. De tous les autres êtres humains. Et quelle euphorie ! Avoir un enfant, c'était le couronnement de ma vie de femme. Il m'a appris tant de choses, cet enfant-là.

Régine. — La venue au monde de mon premier enfant, moins de deux ans après mon mariage, a été considérée par mon entourage comme une catastrophe ! Il faut dire que j'étais malade, tuberculeuse, je l'avais appris le jour de mes vingt ans, ce qui m'a mise dans une rage terrible. Évidemment, les bonnes sœurs du sanatorium où j'étais, à Briis-sous-Forges dans l'Essonne — il n'existe plus aujourd'hui —, ont tout fait pour que je n'avorte pas, elles ont laissé volontairement passer le délai légal. Mais en même temps, quand elles parlaient de l'enfant, elles me disaient que je ne pourrais pas le garder avec moi, sous peine de le contaminer. Je me souviendrai toujours de cette hantise : le contaminer... Quand Franck est né, je ne voulais même pas le toucher — j'en ai pleuré. On l'a mis sur mon lit à la clinique, et je le repoussais avec mes pieds, doucement, pour éviter qu'il ne soit trop proche.

Pendant tout le temps de ma grossesse, je me disais : « Il ne faut pas que je l'aime. Il ne faut pas que je l'aime, sinon je serai trop malheureuse. »

L'euphorie d'être mère dont vous parliez, je l'ai connue après, avec mes deux filles qui, elles, étaient désirées. Mais, avec le premier enfant, j'étais comme un animal pris au piège. Il n'y a pas d'autre mot. J'étais tellement démunie !

Il nous a fallu longtemps pour nous retrouver, Franck et moi. Dès sa naissance, il a été mis en nourrice. La première fois que j'ai eu le droit de le voir, c'était aux Enfants-Malades où il était hospitalisé pour un bilan de santé. On était en plein été, il faisait très chaud. On me l'a tendu et j'ai failli le laisser tomber : je n'aurais jamais pensé que ce soit si lourd, un bébé de quatre mois et demi... Je voulais le garder, mais ma belle-mère, comme tout mon entourage, pensait que j'étais incapable de m'en occuper. C'est vrai qu'on est perdu les tout premiers jours avec un bébé. J'avais peur de le noyer en lui donnant son bain. En le langeant, je lui ai même piqué le ventre avec une épingle à nourrice. Et toujours j'entendais : « Elle n'est pas capable de s'en occuper. »

Jeanne. — Parlez-vous avec Franck de ces débuts chaotiques ?

Régine. — Quand je dis qu'il nous a fallu longtemps pour nous retrouver... Imaginez que Franck avait vingt ans — et moi, par définition, vingt de plus — lorsque a commencé la véritable histoire d'amour entre lui et moi. Mon mari dit souvent que Franck est l'homme de ma vie, tout comme je suis la femme de sa vie, et c'est un peu vrai.

Comment avez-vous éduqué vos propres enfants ? Avez-vous le sentiment d'avoir été à la hauteur ? Avez-vous élevé vos fils et votre fille de la même façon ?

Jeanne. — J'ai toujours en tête une phrase de je ne sais plus quel psychologue à propos de l'éducation : « Madame, quoi que vous fassiez, vous aurez toujours tort ! » C'est important de le savoir... Ensuite, je crois qu'il y a un esprit de famille qui fait que l'on élève tous ses enfants à peu près de la même façon, garçons ou filles. Je n'ai pas le sentiment d'avoir imposé à ma fille un comportement féminin et à mes fils un comportement masculin.

Régine. — Moi non plus. Mon fils aîné jouait à la poupée et aimait beaucoup le point de croix. Je l'ai laissé faire. Ce qui n'empêche pas qu'il avait un comportement de petit mec. Je crois pourtant que je les ai élevés de la même façon.

JEANNE : L'ÉDUCATION, C'EST LA COMPRÉHENSION
RÉGINE : DONNER DES GOÛTS, PAS DES PRINCIPES

Jeanne. — Ma définition de l'éducation, c'était la compréhension avant tout. Mes parents m'avaient donné une éducation à principes, avec des dogmes bien définis ; je n'ai pas voulu élever mes enfants ainsi... J'avais vingt-trois ans quand j'ai eu mon fils aîné — ce n'est pas un âge où l'on a encore pu se forger des certitudes — et c'était juste après la guerre. La liberté politique retrouvée nous faisait croire que la liberté avait toutes les vertus. Cela nous a probablement conduits à un certain laxisme. Nous ne nous demandions pas, comme Bernanos, « la liberté pour quoi faire ? ». Nous pensions que, moins on contraignait un enfant, plus il avait de chances de s'épanouir.

Un jour, mon fils aîné m'a d'ailleurs fait une réflexion qui montre, comme je le disais tout à l'heure, que quoi qu'on fasse on a tort. Il devait avoir sept ou huit ans et il m'a dit : « Maman, ce qui me manque, c'est un mur. » Et il avait raison. J'ai eu tort d'oublier qu'un enfant avait grand besoin de repères, qu'il fallait lui montrer assez tôt ce qui est bien et ce qui est mal. Je l'ai fait, certes, mais peut-être pas assez. D'autre part, pour se forger sa propre personnalité, un enfant a certainement besoin de vaincre certaines résistances. Si l'on est trop mou avec lui, il devient lui-même mou et sans consistance. Pour rebondir, il faut en effet un mur ! Et je n'étais pas douée pour ça, pas plus que mon mari.

Si je regarde mes enfants aujourd'hui, il me semble que le résultat n'est pourtant pas trop mauvais. Mais que nous doivent-ils ? c'est difficile à dire. L'influence que l'on a sur ses enfants reste très mystérieuse, parfois négative, et, malgré son importance, ce n'est qu'une influence parmi d'autres.

Régine. — Vous avez souligné l'importance de l'âge des parents dans l'éducation de leurs enfants. J'ai eu trois enfants, chacun à une période différente de ma vie — ce sont presque trois contextes incomparables — et dans des circonstances différentes. Je pense — et j'en ai un grand regret, même un grand chagrin — ne pas avoir été à la hauteur avec le premier. J'étais trop enfermée à l'intérieur de moi. J'étais trop prisonnière du milieu familial, de mon mari, des contraintes financières… Je n'étais pas disponible pour un enfant. En plus, cet enfant conçu avec un homme que je n'aimais pas, j'avais une espèce de réticence. Quand mon fils a grandi, on a tenté des prises de contact, mais c'était difficile. On s'observait un peu. Je ne dis pas qu'on se jugeait, non, on s'observait. Je pense que je n'ai été à la hauteur qu'à partir du moment où nous avons vécu ensemble, où j'ai pu m'occuper entièrement de lui. Les circonstances, tant matérielles qu'affectives, dans lesquelles je vivais alors étaient très difficiles, mais je crois lui avoir donné non pas des principes mais… des goûts. Son goût de l'histoire, par exemple, vient un peu de moi, son goût des livres aussi… À ce moment-là, j'ai fait de mon mieux, tout en sentant bien que ce n'était pas parfait.

Jeanne. — Puis vous avez eu deux filles…

Régine. — Ma fille aînée a été une enfant désirée, par son père et par moi. J'étais très amoureuse de son père. Donc sa naissance a été quelque chose de tout à fait joyeux. Là, je me suis sentie vraiment une femme. Et puis je me souviendrai toujours du bonheur de mon fils à l'arrivée de cette petite sœur. Il avait dix ans. Quand il était petit, son rêve était de former une famille — il me l'a dit plus tard. C'est vrai qu'il en avait été privé. Et avec l'arrivée de sa sœur on faisait davantage « famille ».

À cette époque, je suis très amoureuse, et je travaille beaucoup ; je prépare l'aventure éditoriale de *L'Or du temps.* C'est plutôt sa grand-mère qui s'occupe de l'éducation de ma fille. Je voyage aussi. Financièrement, je suis en état de survie alimentaire. Je me repose beaucoup sur ma mère, qui, à ce moment-là, vit avec nous et s'occupe de la maison. C'était la période où mon père l'avait quittée. Mais, à nouveau, j'en veux à ma mère d'accepter ce rôle subalterne. Je vois bien tout ce qu'elle fait pour nous, mais elle accepte ce statut de femme « inférieure ». Et je me retrouve investie d'un rôle de chef de famille dont je ne veux pas. Et, avec les enfants, je ne pense pas en termes d' « éducation ». J'essaie de les aimer autant que je le peux…

Jeanne. — C'est ça, l'instinct maternel. Qu'on le veuille ou non, je suis certaine que ça existe. J'ai toujours été fascinée par les mères africaines ou asiatiques qui portent leur enfant, parfois assez âgé, plaqué contre elles, comme s'ils ne faisaient qu'un, qui le caressent ou le massent sans arrêt. Je crois que ce contact physique est très important pour la mère comme pour l'enfant et je regrette qu'on ait abandonné cette habitude dans les pays occidentaux.

Régine. — Avec mon fils, je n'ai ressenti cet instinct maternel que tardivement. Avec ma première fille, tout de suite. Et ç'a été sans doute avec ma dernière fille que j'ai pris conscience de ce respect dont vous avez parlé. J'avais quarante ans et j'ai connu la plénitude : ces bonheurs d'ouvrir les volets, de s'asseoir sur une chaise basse, de lui donner son biberon, de la sentir vivre contre moi.

Jeanne. — J'ai trois enfants très différents, mais j'espère leur avoir donné à tous trois l'essentiel, qui est l'amour. Je me reproche souvent de n'avoir pas eu envers eux la fermeté nécessaire. Je ne parle pas de sévérité mais de présence, de conseils, d'attention. Je crois que le véritable amour doit être exigeant.

RÉGINE : MES ENFANTS N'ONT PAS PESÉ SUR MA VIE, AU CONTRAIRE

JEANNE : JE RETROUVE EN EUX DES TRACES DE MOI, MAIS ÉPARPILLÉES ET ASSEZ VAGUES

Régine. — Vous reconnaissez-vous en eux ?

Jeanne. — Je l'espère.

Régine. — Vous l'espérez ? Pour vous, c'est aussi vague que ça ?

Jeanne. — Je n'en suis pas sûre du tout... C'est très, très difficile d'élever des enfants. Je retrouve en eux des traces... des traces naturelles, bien sûr : les traits physiques ou psychologiques qui établissent cette chaîne si extraordinaire, venant de la nuit des temps, entre les êtres d'une même famille. Et puis il y a les traces créées par l'influence que l'on a eue culturellement sur ses enfants, ce qu'on leur a appris à aimer. Le goût des livres chez mon fils aîné, par exemple. Je retrouve en effet des traces de moi chez chacun de mes enfants, mais éparpillées et assez vagues. En fait, même lorsque l'on se sent proche d'eux, nos enfants nous restent en partie étrangers.

Régine. — Est-ce que cela signifie que vous avez été déçue par vos enfants ?

Jeanne. — Non ! Il leur est arrivé de me faire de la peine, mais pas de me décevoir. Il est bon qu'ils vivent leur vie et le rôle d'une mère n'est pas de s'accrocher aux basques de ses enfants. Certainement pas !

Régine. — Je sens chez vous un peu de tristesse. Vous êtes moins sereine, plus réservée…

Jeanne. — En fait, je n'ai pas le sentiment d'avoir fourni à mes enfants tout ce que j'aurais dû. J'ai le sentiment d'être passée souvent à côté. Ce ne sont pas eux qui m'ont déçue, c'est moi-même en tant que mère. Peut-être est-ce parce que j'ai une conception très haute de la maternité que j'estime n'avoir pas été pleinement digne de cette responsabilité.

Régine. — Qu'auriez-vous voulu donner à vos enfants que vous ne leur avez pas donné ?

Jeanne. — C'est difficile de vous répondre. Je leur ai donné, Dieu sait, toute ma tendresse, tout mon amour, toute mon attention. Mais ce n'est pas suffisant.

Un jour, j'ai entendu mon plus jeune fils dire à ses camarades : « Naturellement, mes parents ne me comprennent pas ! » Sur l'instant, j'ai éprouvé un peu d'amertume. Aujourd'hui, je sais bien que c'était de son âge… mais peut-être n'avait-il pas tort. L'incompréhension réciproque est une des règles de la vie de famille. Comme si l'amour lui-même ne parvenait pas à rompre les barrières qui nous séparent les uns des autres.

Vous qui avez eu une adolescence si difficile, comment les choses se sont-elles passées avec vos enfants ?

Régine. — Mon fils m'a agréablement surprise. Il a fait quelques conneries et je l'ai mis en pension. Et de voir que ce garçon était courageux, fort, teigneux vis-à-vis des études, conscient des difficultés de sa mère — certainement plus tôt que je ne l'imagine… Il a été bien. Il n'a pas pesé sur ma vie, au contraire… Ma fille aînée a été une enfant très facile, très à l'écoute des adultes mais — je ne l'ai appris que tard — qui souffrait beaucoup. Elle était assez malheureuse du fait des problèmes que j'avais, des procès, de ce qu'elle pouvait lire sur sa mère dans la presse, de l'absence de son père qui ne s'est pas occupé d'elle, etc. Elle n'a pas posé de problème à l'adolescence mais elle n'était pas heureuse. Ma dernière fille est beaucoup plus difficile…

JEANNE : LE PÈRE EST CELUI QUI CRÉE LE LIEN AVEC L'EXTÉRIEUR

RÉGINE : MES ENFANTS N'AVAIENT PAS D'IMAGE MASCULINE PROTECTRICE

Jeanne. — Quel rôle ont joué les pères dans l'éducation de vos enfants ?

Régine. — À l'exception de ma dernière fille que j'ai élevée avec son père, il n'y avait pas d'homme à la maison, comme on dit. Je me suis occupée de mes deux premiers enfants seule, avec l'aide de ma mère. Mes enfants n'avaient pas d'image masculine protectrice. Ils s'en sont bien sortis…

Jeanne. — Mon mari était rarement là. Il travaillait comme secrétaire de rédaction puis comme rédacteur en chef aux *Nouvelles littéraires*. Je m'occupais des enfants sur un plan à la fois matériel et affectif. Cependant, je n'avais pas à tenir le rôle de l'homme car, quand mon mari rentrait, il jouait très bien son rôle de père.

Régine. — C'est-à-dire ? Qu'est-ce que le rôle du père, selon vous ?

Jeanne. — Lorsque la mère reste au foyer, ce qui était mon cas, le père est celui qui crée le lien avec l'extérieur. Il parle de son travail, de ses rencontres, de ses conversations. Cela enrichit la vie familiale. Mais il est aussi souvent fatigué, donc un peu brutal, et les enfants, même lorsqu'ils l'aiment tendrement, le craignent un peu. Ma conception du rôle du père et de la mère va vous sembler très traditionaliste : à mon avis, la mère doit être la tendresse et le père le tuteur, le guide.

Régine. — Souvent, lorsque l'homme travaille, la mère a tendance à lui donner le rôle du père fouettard. « Tu vas voir quand ton père va rentrer ! » Ou alors, quand il rentre et souhaite se reposer, il faut que les enfants ne fassent pas de bruit…

Jeanne. — Plus que le rôle de l'un ou l'autre sur les enfants, je crois que l'entente du couple est essentielle. Si elle est bonne, le partage des rôles se fait dans l'harmonie. Sinon, tout devient difficile et les enfants en souffrent beaucoup.

Régine. — Comment avez-vous vécu le départ de vos enfants ? Je suis en train de le vivre avec ma dernière fille. Heureusement, elle habite de l'autre côté de la rue. Alors on se fait des grands signes, et puis on se téléphone. Mais ça me fait mal. Je me dis : « Mon petit est là, de l'autre côté de la rue. » On se sent un peu de trop, un peu abandonnée. Je n'aime pas ça.

Jeanne. — C'est un arrachement. J'ai souffert moi aussi du départ de ma fille. Elle était mon dernier enfant. Et, contrairement à mes deux fils, qui nous avaient quittés pour se marier, elle partait vivre seule, dans un studio. Ça me gênait. J'ai eu le sentiment qu'elle nous abandonnait. Heureusement, nous sommes restées très proches.

Régine. — J'ai la chance d'avoir des filles qui ont pour moi une espèce de passion, un amour très fort. Chose que je n'ai jamais eue pour ma mère. Je voulais que mes enfants soient heureux. Quel que soit le chemin qu'ils choisissent : bûcheron au Canada, comme mon fils l'a souhaité à un moment, n'importe quoi… S'installer dans une île en Indonésie, j'aurais trouvé ça très bien. Leur accomplissement personnel m'importait, pas forcément une réussite matérielle.

Jeanne. — Mais la notion de bonheur est ambiguë, car on peut être heureux et très médiocre. Le bonheur dans l'accomplissement de leurs plus hautes qualités, voilà, je crois, la bonne formule. Ai-je fait ce qu'il fallait pour cela ? C'est maintenant que je me pose la question. Je me reproche de ne pas leur avoir donné une formation religieuse et morale assez solide. Je m'en sens responsable et j'en souffre.

3

La religion

JEANNE : J'AI RETROUVÉ LA FOI À QUARANTE ANS
RÉGINE : L'IDÉE DE DIEU ME PASSIONNE, MAIS...

Régine. — Quel type d'éducation religieuse aviez-vous reçu ?

Jeanne. — Mon père était athée ; ma mère a tenté de me transmettre ce qu'elle savait, mais, comme je ne m'entendais pas très bien avec elle, ça ne m'intéressait pas beaucoup. À partir de seize ans, j'ai rejeté toute croyance ; papa me fascinait intellectuellement et je me suis tournée vers lui.

Régine. — Votre éducation religieuse se limitait au catéchisme ?

Jeanne. — Un catéchisme très conventionnel. C'est pourquoi, quand j'ai retrouvé la foi, à quarante ans, il m'a fallu lire, relire, me plonger dans toutes sortes de lectures, les Évangiles, mais aussi les Pères de l'Église, etc.

Pendant mon enfance, ma foi avait été de pure convention, elle m'apparaissait soudain comme inexistante. La foi doit être personnalisée, se vivre de l'intérieur.

Régine. — Comment avez-vous retrouvé la foi ?

Jeanne. — J'ai fait deux rêves — je les raconte dans *Le Sourire de l'ange.* Dans l'un de ces rêves, je savais que j'étais morte. Je sortais d'une sorte de prison bombardée où j'avais été tuée et je me dirigeais vers une charrette encadrée par quatre anges. Comme je m'en approchais, l'un des anges s'est soudain penché vers moi et son sourire était si empreint de bonté, de tendresse, de compréhension, de douceur, de rayonnement que j'ai été fascinée. Ce sourire de l'ange était une sorte d'alléluia ! À quelque temps de là, j'ai fait un autre rêve : j'étais assise à une table de ferme. À côté de moi il y avait un acteur, Henri Vidal. Il avait posé sa main sur la mienne. Sa main à lui, que je savais mort, était chaude et la mienne, alors que j'étais vivante, était froide. Pour moi, ce fut un symbole superbe : tout était le contraire de ce que l'on imaginait, le noir était blanc, le blanc était noir. Cela signifiait que je vivais dans un univers de fausseté, d'erreur, de mensonge, un univers de méprise et donc de mépris… Je me suis réveillée en ayant le sentiment que Dieu était là et qu'il attendait que je lui dise oui ou non. J'ai dit oui.

Régine. — Enfant, j'étais très mystique. Les « choses de la religion » m'intéressaient. Mais, dès le début, j'ai vu que l'attitude des adultes, des abbés, des religieuses, était fausse.

Jeanne. — Il faut faire la différence entre la religion et l'Église. La religion n'est pas responsable des erreurs que l'on commet en son nom, et les prêtres évidemment ne sont que des hommes.

Régine. — L'idée de Dieu me passionne, m'a toujours passionnée, mais la religion chrétienne, catholique, m'a toujours semblé mensongère et contraignante, dans le mauvais sens du terme. Enfant, je ne voyais de la religion que l'Inquisition, le procès de Jeanne d'Arc, les guerres de religion, et leurs exactions. La complicité du Vatican envers les criminels nazis… Comment voulez-vous qu'une enfant qui apprend tout cela n'ait pas envie de tuer les curés ?

Jeanne. — Les erreurs de l'Église ne remettent pas en cause la vérité du dogme ! Et l'Église est aussi faite de gens admirables qui ont fait des choses remarquables. Plus d'un prêtre m'inspire le plus profond respect et j'entretiens avec certains des relations d'une grande richesse. Nous ne sommes plus au siècle de Torquemada !

RÉGINE : J'AI REFUSÉ DE ME MARIER À L'ÉGLISE
JEANNE : LA FOI DOIT ÊTRE OPTIMISTE

Régine. — Je sais que vous avez raison. Mais je me suis arrêtée à ces choses-là. J'ai refusé de me marier à l'église. Ma mère, ma grand-mère étaient tellement scandalisées qu'elles m'ont forcée à aller voir l'archiprêtre de Montmorillon. Et pour une fois, j'ai fait preuve de courage verbal. Je ne sais plus exactement les mots que j'ai employés mais je le revois, grand, maigre, avec un air de mépris pas chrétien du tout. Il n'avait aucune compassion. Ensuite, aucun de mes enfants n'a été baptisé.

Jeanne. — Aviez-vous la foi étant enfant ?

Régine. — Je crois. Et aujourd'hui, je prie constamment, je m'adresse à Dieu. S'il fait beau, je lui dis merci. Si je trouve une place de parking, je lui dis merci…

Jeanne. — Remercier même pour les choses les plus futiles, c'est la meilleure de toutes les prières. Françoise Verny écrit dans son livre *Pourquoi m'as-tu abandonnée ?* une phrase superbe : « La meilleure de toutes les prières, c'est : merci, pardon, au secours. » Ça résume toute la condition humaine.

Régine. — Je n'ai pas cette foi-là, comme la foi de François Mauriac, par exemple. Il avait une profonde croyance en Dieu et dans le dogme de l'Église catholique.

Jeanne. — Ce qui ne l'empêchait pas d'être souvent méchant avec son prochain et d'avoir un humour ravageur !

Régine. — Ravageur, en effet, mais il était sincère dans sa croyance. Je m'en suis rendu compte à la lecture de ses articles, dans *L'Express*, dans *Le Figaro littéraire*… Adolescente, j'avais lu quelques-uns de ses romans et je le détestais. Mais l'homme du *Bloc-notes*, du *Journal*…

Jeanne. — J'ai aussi aimé ces livres, mais son œuvre romanesque est trop sombre pour moi. Il a une vision torturée du monde. Je trouve que la foi doit être optimiste. Quand on sait que l'on est sauvé, on ne peut être que gai et joyeux.

Régine. — Que diriez-vous à un incroyant pour le convaincre ?

Jeanne. — Question difficile ! Je lui dirais peut-être simplement de faire confiance. Faire confiance à la vie pour commencer, faire confiance à l'inconnu, parce que, j'en reviens à cette idée, la joie est la vérité du monde. Je lui dirais que l'univers ne peut pas être le fruit du hasard, que cette idée n'est même pas admissible par la raison.

RÉGINE : JE SUIS ÉMUE DANS LES ÉGLISES
JEANNE : ON NE PEUT PAS AIMER DIEU EN PIÈCES DÉTACHÉES

Régine. — Que pensez-vous du pari de Pascal ?

Jeanne. — C'est une sorte de sophisme, un jeu intellectuel. On ne peut pas trouver la foi grâce à un simple calcul de probabilités.

Régine. — J'aimais bien la rigueur des jansénistes quand j'avais treize, quatorze ans. Je me faisais mettre à la porte des cours d'instruction religieuse : « Mademoiselle Deforges, sortez ! Vous êtes janséniste. »

Jeanne. — Le jansénisme ne m'attire pas…

Régine. — Mais le quiétisme ? Mme Guyon, Fénelon… cet abandon entre les mains de Dieu.

Jeanne. — C'est vrai, cette confiance qui existait déjà au Moyen Âge est réapparue au XVIIe siècle.

Mais le quiétisme oublie que l'homme est responsable de ses actes, qu'il ne peut s'abandonner passivement à la volonté divine. Il doit prouver sa foi, la manifester en actes et en paroles. Au quiétisme, je préfère la foi médiévale qui est totale confiance en Dieu, mais avec le goût pour la vie dans toute sa richesse. Les jansénistes me sont assez étrangers parce qu'il y a chez eux une sévérité et un élitisme qui me font peur. Le Christ des jansénistes a les bras presque refermés. C'est un Christ qui n'est pas accueillant, ce n'est pas l'amour. Pour moi, le Christ a les bras tendus et grand ouverts : « Venez à moi vous qui souffrez, venez à moi vous qui aimez… »

Régine. — Sans la grâce, nul n'est sauvé… Le Christ janséniste choisit ses élus. Les autres, quoi qu'ils fassent, ne seront pas élus. C'est terrible !

Jeanne. — Il me paraît impossible que Dieu ne nous accueille pas tous en son paradis. C'est pour cela que j'accepte tout de Lui. C'est aussi pour cela que je pratique ma religion, pour Lui rendre un peu son amour. Un Dieu cruel n'a pour moi aucun sens. Dieu est Amour. La création entière est amour.

Régine. — J'assiste tous les ans à la messe des Rameaux. J'y attache de l'importance, car je trouve que le symbole est beau…

Jeanne. — Vous avez vis-à-vis de la foi une attitude agnostique, que je trouve infiniment respectable.

Régine. — Il y a un clocher au-dessus de l'endroit où j'écris. Parfois, je m'adresse à la croix et je lui demande de l'aide…

Jeanne. — C'est une façon originale de croire en Dieu…

Régine. — Je ne peux pas prier dans une église. Je peux prier n'importe où sauf dans une église. Je m'y sens étrangère.

Jeanne. — Mais il faut prier n'importe où, et dans la nature en particulier. Dans la nature, il y a cet ordre de la création qui me fascine. Quand je pense que les bourgeons se mettent en place au mois de septembre pour que les lilas fleurissent au mois de mai ! C'est prodigieux ! C'est merveilleux ! Pour moi, cette organisation de la nature, à la fois visible et invisible, si minutieuse et si riche, ne peut venir que de Dieu.

JEANNE : MA VIE N'A DE SENS QUE GRÂCE À LUI
RÉGINE : J'AIME LA SÉRÉNITÉ DES COUVENTS

Jeanne. — Il y a une image de la foi que je trouve superbe, c'est celle de ces grains de blé retrouvés enfermés dans une tombe pharaonique ; on les a plantés et ils ont poussé… Un blé vieux de plusieurs milliers d'années ! Cette vie est restée enfermée tout ce temps et elle est repartie !

Régine. — Mais, si les graines de la foi ont germé en vous à quarante ans, ne craignez-vous pas de la perdre, cette foi ? Vous m'avez confié votre attachement à votre père athée…

Jeanne. — J'ai une telle confiance en Dieu ! Il me paraît inimaginable de douter un jour de son existence. Ma vie n'a de sens que grâce à Lui. Il est vrai que la foi n'est pas un acquis, qu'on la remet perpétuellement en question. Tous les grands mystiques eux-mêmes ont souffert de doutes… Mais on prie pour que la traversée du désert soit la plus courte possible… La foi n'est pas un roc sur lequel on s'appuie, c'est une petite flamme vacillante sur laquelle il faut veiller tous les jours. Mais elle a aussi la force des incendies.

Régine. — Êtes-vous choquée par le fait qu'il n'y ait pas de femmes prêtres ?

Jeanne. — C'est un des regrettables traits de la misogynie de l'Église. Je suis pour qu'il y ait des femmes prêtres et pour que les hommes prêtres puissent se marier.

Régine. — Même si je n'ai rien contre le mariage des prêtres, l'idée de célibat me paraît importante. Il me reste de mon éducation chrétienne la notion de sacrifice. Le servant de Dieu — ou la servante — se sacrifie au nom de l'amour. Il ou elle ne peut avoir charge de famille. Il y a des exemples de fondatrices d'ordre qui, une fois veuves et leurs enfants élevés, se sont retirées dans des couvents. Elles ont attendu d'être disponibles, pour accomplir cette démarche.

Jeanne. — Si, pour certains prêtres, ce que vous dites est vrai, pour d'autres, l'effet est inverse. Le célibat fait que tous ne connaissent pas bien la nature humaine ou qu'ils ne peuvent pas bien la comprendre.

Régine. — Je pense au contraire que la confession leur apprend beaucoup sur la nature humaine. C'est moins vrai dans les couvents. Il m'est arrivé plusieurs fois de faire retraite chez les contemplatives. J'en apprécie la sérénité, le fait aussi que l'on ne m'y parle pas... Cet état de méditation est attirant. Je me suis dit plusieurs fois que c'était un piège et que je pourrais y rester. En fréquentant les couvents de femmes, j'ai été frappée par le fait que, même âgées, elles conservent toujours un air d'enfance, une gaieté extraordinaire, mais, sur le plan intellectuel, elles sont à un niveau bien bas.

Jeanne. — Et Héloïse ? Et sainte Thérèse d'Avila ?

Régine. — C'était peut-être différent au Moyen Âge. Mais maintenant... Je me souviens d'un prêtre qui était venu parler aux sœurs de différentes missions, de la grâce, de l'Immaculée Conception... J'assistais à la réunion, en retrait. Il leur parlait comme à des débiles mentales ! Il débitait des bondieuseries affligeantes. J'ai eu du mal à ne pas intervenir : je bouillonnais. Et elles posaient des questions toutes plus naïves les unes que les autres... C'était effrayant.

Jeanne. — Mais il existe aujourd'hui encore des religieuses remarquables, érudites et intelligentes. Que, dans certains ordres, le confinement ait tendance à les infantiliser, c'est possible. Mais c'est un argument qui montre précisément que les membres de l'Église, en dehors des ordres contemplatifs, doivent être davantage immergés dans le monde, ce que le mariage permettrait. D'autre part, les protestants nous ont montré qu'on pouvait être marié et accomplir parfaitement sa tâche sacerdotale.

Régine. — Vous imaginez-vous finir votre vie dans un couvent ?

Jeanne. — À vrai dire, je me vois mal dans le dénuement d'un couvent... Peut-être suis-je trop coquette.

Régine. — C'est un péché d'orgueil, ça, Jeanne ! La coquetterie est la seule chose qui vous retiendrait ?

Jeanne. — Non, bien sûr. Quitter mes enfants et mes petits-enfants me serait très douloureux. La discipline, la solitude, elles, ne me gêneraient pas, mais je crois que je ne franchirai jamais le pas. Et il y a d'autres façons d'exprimer sa foi.

Régine. — Ne pensez-vous pas que ce serait atteindre une sorte de plénitude religieuse ? À moins, pour employer un mot qu'emploient souvent les religieuses, que vous n'ayez pas été appelée pour cette démarche ?

Jeanne. — Pour l'instant, je me sens tellement grand-mère, mère et épouse qu'entrer au couvent m'est assez difficilement concevable. Je témoigne de ma foi autrement. Dans mes livres, par exemple. Dans ma vie. Au milieu des autres.

RÉGINE : SI DIEU EXISTE, JE PENSE QU'IL M'AIME JEANNE : LA FOI NE TRANSFORME PAS DU JOUR AU LENDEMAIN

Régine. — Avez-vous le sentiment que, dans la vie courante, les chrétiens ont un comportement particulier ?

Jeanne. — Les chrétiens et les musulmans sont les derniers Français à avoir beaucoup d'enfants. Parce qu'ils ont confiance en Dieu. Mais, dans la vie quotidienne, ils devraient être charitables et ce n'est pas toujours le cas. Cela l'est même trop rarement. Plus encore, ils devraient pouvoir apporter au monde moderne ce qui lui manque le plus : l'espérance.

Régine. — Vous-même, avez-vous l'impression que votre foi vous fait agir différemment ?

Jeanne. — J'espère être moins égoïste, plus ouverte aux autres que précédemment. Avant d'avoir retrouvé la foi, je vivais dans une petite bulle avec ma famille, ceux que j'aimais ; le reste du monde, je m'en fichais. Aujourd'hui, je me dis que tous les hommes forment une famille, que chacun d'entre eux m'est proche. Mais la foi ne transforme pas du jour au lendemain. Elle change le regard que vous portez sur l'existence, mais vous restez le ou la même. Mettre en actes sa foi est très difficile. C'est le travail d'une vie et l'on ne cesse de se décevoir soi-même. Régine, pensez-vous que, si vous aviez la foi, cela changerait votre vie ?

Régine. — J'aurais déjà le sentiment d'être aimée, d'être sauvée. Ça changerait sûrement des choses. Mais, de toute façon, si Dieu existe, je pense qu'il m'aime…

Vous parliez tout à l'heure de votre coquetterie qui vous empêcherait d'entrer en religion ; je voudrais souligner l'importance du vêtement religieux. Jusqu'à la fin des années cinquante, on reconnaissait tel ou tel ordre : les Petites Sœurs des pauvres, les Sœurs gardes-malades, les Visitandines, les sœurs de Saint-Vincent-de-Paul, etc. Les prêtres portaient aussi des robes… Je trouve regrettable que les vêtements religieux se soient uniformisés, qu'ils aient perdu leur élégance, leur beauté, cette pureté qui rejoignait celle des lieux dans lesquels ils ou elles priaient. Il y avait une harmonie. L'auteur d'*Histoire d'O* parle remarquablement bien de l'uniforme, que ce soit de l'habit religieux ou de l'uniforme militaire. C'est quelque chose sous lequel la dimension humaine doit être grande pour transparaître —, elle se magnifie en même temps.

Jeanne. — On vous dira que l'Église a voulu s'adapter à notre époque…

Régine. — Une volonté qui n'a servi à rien. On voit bien que la crise de la vocation est demeurée importante.

Jeanne. — Il y a plus de vocations de moines et de religieuses qu'il n'y en a de prêtres. La grande pauvreté de l'Église de France se manifeste dans la prêtrise. C'est beaucoup plus dur d'être prêtre dans un village ou une banlieue que d'être enfermé dans un couvent. Quand l'Église est confrontée à la société, tout se complique. Et c'est pourtant là qu'aujourd'hui elle doit retrouver sa place. Elle ne peut vivre tout entière entourée de murs, aussi saints soient-ils. Elle doit affirmer ouvertement qu'au-delà du sentiment d'absurde et d'injustice, il existe une vérité : celle de l'amour et de l'espérance. Concrètement, il est nécessaire que l'Église bouge dans certains domaines. Dans celui de la sexualité, par exemple. Prohiber l'utilisation du préservatif me paraît une erreur énorme.

Régine. — Les jeunes ayant de plus en plus de relations sexuelles, le respect mutuel impose de se protéger et de protéger l'autre.

Jeanne. — Un jour, un homosexuel notoire m'a fait une réflexion que j'ai trouvée épouvantable. Il m'a dit : « Je fais exprès de passer le sida aux autres afin de ne pas être le seul à crever. »

Régine. — Il n'est, ou n'était, malheureusement pas le seul à agir ainsi. C'est monstrueux. Mais, on pourrait presque dire que le pape a une attitude similaire. Évidemment, ce n'est pas lui qui transmet le sida aux autres, mais sa responsabilité est en jeu.

Jeanne. — Vous exagérez ! Le pape ne cherche pas à détruire la vie. Il cherche à la préserver. Il faut lire tout ce qu'il a écrit sur ce sujet. C'est un homme admirable, que je respecte infiniment, mais sur ce point sa position est peut-être trop restrictive.

Régine. — Ne craignez-vous pas que cette attitude très traditionaliste de l'Église contemporaine n'éloigne les hommes et les femmes d'aujourd'hui de la foi ? Qu'elle ne soit une menace pour la chrétienté ?

Jeanne. — La crise de l'Église n'est que la crise de l'Église actuelle. Ce n'est pas celle du christianisme. Par le message d'amour qu'il apporte aux hommes, le christianisme est d'une actualité éternelle. C'est le seul message qui ne puisse être menacé par les changements politiques, sociaux, scientifiques quels qu'ils soient. Les sociétés athées contemporaines ont, d'autre part, fait l'expérience de l'immense soif de divin qui habite le cœur de l'homme. Partout dans le monde, le sentiment religieux a repris de la puissance. C'est un espoir pour tous ceux qui ont une foi, car je crois qu'il n'y a pas de « fracture » entre les croyants. Ce qui différencie les hommes, ce ne sont pas leurs religions respectives. La barrière passe entre ceux qui croient qu'il y a un au-delà et ceux qui ne le croient pas.

Régine. — Pour être tout à fait honnête, Dieu est quelqu'un de qui je me défends ; au fond de moi, je sais bien que j'ai un rapport très intense avec le divin, le sacré, que je refoule pour des raisons que je n'ai pas encore élucidées…

4

Histoire, société, histoires de société

RÉGINE : GILLES DE RAIS M'A LONGTEMPS FASCINÉE

JEANNE : AU MOYEN ÂGE, DIEU ÉTAIT AU CENTRE DU MONDE

Régine. — Pensez-vous que votre intérêt pour l'histoire, vos recherches sur le Moyen Âge ont contribué à la redécouverte de la foi ? Pourquoi l'histoire compte-t-elle tant pour vous ?

Jeanne. — Lorsque j'étais en troisième au lycée, j'ai eu un professeur qui m'a fait découvrir que l'histoire était une sorte d'humus dans lequel plongeaient nos racines. Sans connaître l'histoire, on ne peut comprendre le monde dans lequel on vit. Sans la connaissance du passé, on est perdu. Un arbre sans racines tombe, forcément.

Régine. — L'histoire telle qu'on nous la raconte est très misogyne…

Jeanne. — Les historiens sont tous des hommes. Avec de rares exceptions. Christine de Pisan qui vivait au XIVe siècle fut un remarquable témoin de son temps. Plus proche de nous, on peut citer Régine Pernoud.

Régine. — Les historiens ne faisaient parfois que constater la place ou l'absence de place de la femme dans la société… Michelet a tenu compte des femmes. Si on le lit de près, on s'aperçoit qu'il était obsédé sexuel ! un scatophile !

Jeanne. — Sa vision du monde changeait en fonction des rapports qu'il entrenait avec les femmes. Pour un historien, c'est fâcheux. En tant qu'écrivain, c'est autre chose.

Régine. — Vous avez une passion pour le Moyen Âge. Le reste de l'histoire vous semble-t-il moins intéressant ?

Jeanne. — L'Égypte me fascine, le monde antique, romain, grec… le monde carolingien aussi, qui fait partie du Moyen Âge mais qui y est à part. L'histoire moderne m'intéresse moins. Le XXe siècle, pas du tout, qui est un siècle de feu, de fer, de sang. Tout y est d'une cruauté jamais égalée, d'une sauvagerie absolue : la guerre de 14-18, la guerre de 39-45 avec l'abomination des camps de la mort, la guerre du Vietnam, la guerre d'Algérie, le communisme, les goulags… Ce siècle est monstrueux, il me fait horreur. Mais plus encore que sa violence, c'est son manque d'idéal qui m'attriste, me révolte.

Je me réfugie volontiers dans le passé, et particulièrement dans le Moyen Âge. Une époque fort longue, près de mille ans, qui recouvre des périodes très diverses, mais c'est la jeunesse de la France. Dieu était alors au centre du monde et les femmes y jouaient un rôle essentiel.

Régine. — Le Moyen Âge aussi a été une époque très sanglante, une ère de fanatisme.

Jeanne. — Moins qu'on ne le dit. Les guerres féodales tuaient trois, cinq, six cents personnes, au pire quelques milliers. Les vrais ravages étaient dus aux épidémies.

Régine. — Mais les croisades ? Les croisés n'étaient-ils pas des fanatiques ?

Jeanne. — C'était un mouvement d'indignation, pas de fanatisme. En 1095, le pape Urbain II a annoncé à la chrétienté scandalisée qu'il n'était plus possible d'aller prier sur le tombeau du Christ. Les Turcs avaient pris la ville. Ils massacraient, torturaient, violaient...

Régine. — Quelle est la différence de comportement dans les mouvements de masse entre fanatiques et non-fanatiques ?

Jeanne. — Sur le plan religieux, le fanatique est celui qui dévoie son amour de Dieu en haine des hommes. Cette première croisade, même si elle reste la plus pure, fut en effet parfois empreinte de fanatisme. La prise de Jérusalem par les croisés, en 1099, se termina par une épouvantable boucherie. Les pèlerins — car les croisés étaient en fait, pour beaucoup d'entre eux, de simples pèlerins — avaient été poussés à bout par quatre années de souffrances et de privations : l'entrée dans Jérusalem les a plongés dans une sorte de folie collective. Un immense mouvement d'indignation les a soulevés. Mais ils n'étaient pas mus par la haine.

Régine. — On pourrait vous rétorquer que, de la même manière, à notre époque, les musulmans sont indignés par le mode de vie occidental.

Jeanne. — Certes, mais ils veulent imposer par la force aux non-croyants leur foi et leur mode de vie. Voyez les talibans en Afghanistan. Je crois que le fanatisme menace toutes les religions, mais qu'il n'est la vérité d'aucune.

Et vous, Régine, comment avez-vous découvert l'histoire ?

Régine. — À l'école aussi, mais avant la sixième. La première période qui m'ait fascinée, c'est le siècle de Louis XIII et de Louis XIV. À cause des mousquetaires, des belles robes, aussi... Ensuite, la période révolutionnaire et celle des Valois m'ont intéressée, et, plus loin dans le temps, les Mérovingiens. Des règnes barbares, très sauvages.

Jeanne. — C'est une époque mal connue. En dehors de Clovis, les premiers rois francs ont laissé peu de traces.

Régine. — Gilles de Rais m'a longtemps fascinée. J'ai visité tous les châteaux de « Messire Gilles » comme on l'appelait. Il était poitevin comme moi. Jusqu'à la dernière guerre, dans les villages — Champtocé, Machecoul, Tiffanges, etc. —, le jour anniversaire de la mort de Messire Gilles, on fouettait les enfants pour qu'ils n'oublient jamais le diable !

Jeanne. — Gilles de Rais a totalement changé à la mort de Jeanne d'Arc. Quand il a vu mourir cette femme qui était une sainte, il s'est dit que la croyance en Dieu n'était plus possible. Le brasier de Jeanne a bouleversé sa vision du monde, il est passé du côté « noir ».

Régine. — Il avait aussi reçu de son grand-père une éducation abominable, faite de violence, de meurtres... La mort de Jeanne d'Arc a été le déclic. Le merveilleux, dans l'histoire de Jeanne d'Arc, ce sont ces hommes, ces soudards, qui la respectent et se mettent sous ses ordres ; les ordres d'une gamine qui va mourir à dix-neuf ans ! Je ne me lasse pas de cette histoire.

Jusqu'à l'âge de vingt-cinq ans, je n'ai lu, à part les romans, que des livres d'histoire et des biographies. Pour l'anniversaire de mes dix-sept ans, ma grand-mère m'a offert *L'Aiglon*, de Rostand. J'adorais Napoléon, aussi.

Jeanne. — Alors que je l'ai toujours détesté ! Il est responsable de tant de massacres ! Et il a amené la France à s'agenouiller devant le reste de l'Europe. Non seulement il a tué, mais le coût des guerres napoléoniennes a été effroyable.

Pourquoi aimez-vous Napoléon ?

Régine. — Comme vous aimez dans le Moyen Âge le règne de Dieu et la liberté des femmes, j'aime qu'un petit bonhomme sorti de sa Corse natale soit parvenu là où il est arrivé. Il faut voir Bonaparte !

Jeanne. — Bonaparte n'est pas Napoléon... C'est l'aventurier qui vous intéresse en lui ?

Régine. — Un aventurier qui va être porté par quelque chose de monumental. Un homme d'une ambition démesurée, un esprit très organisé ; tout ce qu'il fait est pensé. Quand, comme moi, on s'intéresse à la stratégie, on peut passer des semaines entières à tenter de reconstituer la bataille d'Austerlitz ou celle de Waterloo. Napoléon était un génie militaire. Certes, ce n'était sans doute pas la transition qu'il aurait fallu à la France à ce moment-là. Il a trahi la Révolution ! Dans la première édition du Larousse du XIXe siècle, qui était un « dictionnaire engagé », on peut lire : *« Bonaparte : général mort le 18 Brumaire »* !

Jeanne. — Napoléon n'a jamais fait grande confiance aux femmes...

Régine. — Non seulement ça, mais, jeune homme, il était timide, sans argent, et il voyait ces femmes coquettes du Directoire. Et il voyait ses sœurs... Il était corse, il ne faut pas l'oublier...

JEANNE : J'AURAIS AIMÉ VIVRE AU XIIe SIÈCLE
RÉGINE : J'AI VÉCU MAI 68 UN PEU BIZARREMENT

Jeanne. — Vous vous êtes intéressée plus que moi à l'histoire contemporaine. Ne trouvez-vous pas que le XXe siècle est abominable ?

Régine. — C'est un siècle d'horreur. Mais tout ce qui est noir, criminel, chez l'être humain me fascine. J'ai mes héros noirs : des membres de l'OAS, par exemple, comme ceux de la division Charlemagne... Je voudrais comprendre.

Jeanne. — Est-ce essentiellement son aspect noir qui vous intéresse dans le XXe siècle ?

Régine. — C'est aussi un siècle extraordinaire du point de vue de l'évolution des connaissances. La maîtrise de l'atome, l'informatique, la conquête de l'espace… Ça me donne confiance en l'homme. Des hommes de notre temps passent leur vie à chercher le moyen de vaincre le cancer, le sida…, ils sont là, enfermés dans leur recherche…

Jeanne. — Quelle utilisation fait-on de ces inventions ? Tuer plus de cent mille personnes d'un coup à Hiroshima, c'est monstrueux. Et il faut ajouter à ces horreurs quelque chose qui me semble presque aussi grave : la dépersonnalisation des cultures et des individus. Aujourd'hui, tout le monde se ressemble ; la terre est devenue un immense supermarché où l'on trouve partout les mêmes produits.

Régine. — Regrettez-vous vraiment d'être née au XXe siècle ?

Jeanne. — J'aurais aimé vivre au XIIe siècle… Je regrette sa ferveur, sa créativité, sa générosité. Je pense que j'aurais été plus à l'aise à cette époque que dans ce XXe siècle de techniciens et d'industriels.

Régine. — Notre époque, c'est aussi Mai 68. Qui n'a pas été un mouvement négatif, même si j'en constate l'échec politique.

Jeanne. — Mai 68 a été beaucoup plus important qu'on ne l'a pensé sur le moment. 68 a rompu les digues bien fragiles qui protégeaient encore, après les deux guerres mondiales, ce qui restait du monde d'autrefois. Il a aussi correspondu à l'arrivée en masse d'une nouvelle génération.

Mais c'est un peu une montagne qui a accouché d'une souris.

Régine. — J'ai vécu Mai 68 un peu bizarrement. Comme d'habitude, je me suis sentie en marge. La rue était aux gens de vingt ans et j'en avais trente. Je participais au comité écrivains-étudiants de Censier. Mais je me sentais plus spectatrice qu'actrice, comme l'était Marguerite Duras, pour ne citer qu'elle. Je tapais des tracts, j'en distribuais, j'ai vendu *L'Enragé*... Mais quand, dans une manifestation, les éditeurs se mettaient en rang avec des banderoles « Éditions Jean-Jacques Pauvert », « Éditions du Seuil », « Éditions Machin », je demeurais à l'extérieur. C'était une tentative de récupération.

Jeanne. — Mon fils aîné était à l'université de Nanterre en mai 68. J'ai donc suivi le mouvement par son intermédiaire. Nous avions des discussions à n'en plus finir et, à ce moment-là, j'ai eu une grande lueur d'espoir. Il y avait dans tous ces projets, dans tous ces discours, une remise en cause et une remise en place de beaucoup de choses essentielles. Et il y avait une générosité folle.

Régine. — Il y avait un désir de changer le monde, par la parole et non par la violence. Les gens ont essayé de se parler. Ça me touchait vraiment. On voyait des ouvriers, des retraités parler avec des jeunes qui essayaient de leur expliquer leur vision des choses, et qui étaient écoutés ! Il n'y avait pas ce rejet de l'autre que nous vivons actuellement. Les gens tentaient de se comprendre. C'était merveilleux !

Jeanne. — Mais le mouvement a éclaté comme une bulle de savon. Ce fut sans doute la dernière utopie qu'ont connue nos sociétés. L'égoïsme est tel aujourd'hui qu'on ne voit pas comment on pourrait rassembler les foules autour d'un nouvel et idéal projet de société.

RÉGINE : JE NE ME SENS JAMAIS INTÉGRÉE DANS UN GROUPE
JEANNE : L'IDÉE DE SOLIDARITÉ A DISPARU

Régine. — Pourquoi cet égoïsme existe-t-il ?

Jeanne. — Parce que nous sommes dans une société purement matérialiste qui ne privilégie que la réussite et le succès professionnel, dans une sorte de guerre où chacun se bat contre chacun. L'individu est perpétuellement, absolument, privilégié, et l'idée de solidarité a presque disparu. Seule l'idée d'égalité demeure. Mais dans les faits elle est peu respectée.

Régine. — J'ai beaucoup de mal à sentir un épanouissement possible pour un individu dans un groupe. C'est peut-être mon côté anar, quoique je ne sois pas spécialement anarchiste. Je ne me suis jamais intégrée à un groupe… Je n'arrive pas à être dupe des mondes que je connais, le monde littéraire, ou politique, parisien. En même temps, je suis très crédule. Quand je participais à des réunions ou à des meetings politiques, je voyais des gens perdre des heures en parlote pour ne rien dire… De même quand je vais à des réunions féministes, j'entends des discours complètement passéistes… Je suis allée, par exemple, dernièrement, à des réunions de l'Union des femmes françaises d'obédience communiste. Elles en sont toujours au problème de la femme dans le monde du travail ! J'ai besoin de concret, de réel.

Jeanne. — Pourquoi n'avez-vous jamais été communiste ?

Régine. — On ne peut pas être pour la restriction des libertés, les goulags... C'est tout ce que je hais. Le communisme est en soi une très bonne doctrine, mais ce qu'on en a fait n'est pas bon. Je pense cependant que la disparition du communisme est un drame pour le monde actuel. Quand on a pu aller en ex-Union soviétique avant et après la chute du communisme, on voit un changement inouï. La misère est grandissante en Russie et dans les anciens pays de l'Union soviétique parce que tout a volé en éclats. Je me souviens de la première fois où je suis allée en URSS, j'ai demandé, un peu naïvement, s'il y avait beaucoup de chômage. On m'a répondu que ça n'existait pas. Aujourd'hui, certains profs n'ont pas touché leur traitement depuis huit mois. Des mineurs n'ont pas été payés depuis un an. Quand ils sont payés, c'est en nature. Si une femme travaille dans une usine de soutiens-gorge, on la paye en soutiens-gorge ; ensuite, elle doit les revendre dans la rue.

Jeanne. — Je suis allée en Russie il y a trois ans et c'est ce que j'ai vu. Les gens vendent, troquent n'importe quoi ; tout ce qu'ils peuvent encore avoir chez eux...

Pour ma part, le communisme ne m'a jamais attirée. J'ai lu *Le Zéro et l'Infini*, d'Arthur Koestler, en 1945 et j'ai pris conscience que c'était une idéologie redoutable : un mensonge total et une restriction de liberté… En fait, on peut penser que l'idéal communiste, c'est l'idéal chrétien détourné, que le communisme est une hérésie chrétienne. On a enlevé la dimension spirituelle et on l'a remplacée par une dimension sociale. Et on a repris les mêmes idées : le respect de l'autre, le partage des biens… ce qui aurait pu me séduire, mais j'ai compris très vite que c'était une gigantesque duperie. Les moyens ne correspondaient pas à la fin.

Régine. — Néanmoins, je pense que les hommes continueront à s'inspirer de l'idéologie communiste. Parce que le communisme, c'est une croyance en l'homme. On voit de nouveau des jeunes adhérer au parti communiste…

« Un ange est sans mémoire » : les jeunes ne voient que la doctrine, ils ignorent les goulags, le stalinisme… Ils adhèrent par idéal. Mais, pour avoir participé à des manifestations organisées par le parti communiste avec des jeunes, je pense que le parti est aux mains d'hommes dangereux, qui sont capables de se servir de ce formidable levier que sont les jeunes pour des opérations déplaisantes.

Jeanne. — Espérons que le XXIe siècle ne ressuscitera pas les idéologies terrifiantes que nous avons connues. Si l'histoire sert à quelque chose, elle devrait servir à éviter cela.

RÉGINE : LA LIBERTÉ EST UN ÉTAT D'ESPRIT
JEANNE : LA RESPONSABILITÉ EST UNE VALEUR ESSENTIELLE

Régine. — Pour moi, la liberté est une valeur essentielle. Mais j'ai appris qu'au nom de cette valeur essentielle, on était capable du pire : « Liberté, que de crimes on commet en ton nom ! » Je sais qu'elle n'est jamais acquise, c'est quelque chose qui se conquiert chaque jour. Il n'y a ni peuple définitivement libre ni individu définitivement libre. La liberté est un combat. C'est aussi un état d'esprit. Malheureusement, il y a des gens pour qui c'est une question qui ne se pose pas.

Jeanne. — Les trois quarts des êtres humains se croient libres mais se contentent de ce que la société a fait d'eux. Ce qui compte, c'est que tout le monde ait le droit d'être libre.

Régine. — Chaquc êtrc aspire à la liberté de pensée, à la liberté de circulation.

Jeanne. — Partout il y a des limites à la liberté… La seule acceptable est de ne pas gêner la liberté de l'autre. Dans notre société, on parle beaucoup de liberté mais peu de responsabilité.

Régine. — Est-ce que cela tient à un type d'éducation ou au laxisme fondamental de nos sociétés ? Il suffit qu'il neige et que des gens restent bloqués dans leur voiture pour qu'ils s'en prennent aussitôt à une institution quelconque ! Cette forme d'assistance à laquelle on s'est habitué me gêne. Les gens n'acceptent plus la moindre responsabilité.

Aujourd'hui, des économistes, des scientifiques, apprennent à des hommes et à des femmes à prendre leur destin en main : ça se passe en Afrique ou en Asie. On leur apprend à creuser eux-mêmes un puits pour pouvoir cultiver, etc. On a compris qu'envoyer de la nourriture n'était pas une fin en soi. Parallèlement, nous avons désappris à être responsables de nos actes. On devrait être responsables de notre vie, de celle de nos enfants, de la vie de nos quartiers, de la vie de la cité… Tout le monde se défile…

Jeanne. — L'égoïsme fondamental de chacun, je l'ai déjà dit, me paraît être une des caractéristiques de notre époque. Chacun n'est concerné que par sa petite personne, sa petite bulle personnelle, les autres, ça ne le concerne pas. C'est pour cela que cette « liberté » seule n'a pas de valeur. Aujourd'hui, comme valeur essentielle, à côté de cette « liberté », je placerais la volonté, qui est la faculté de mettre ses actes en accord avec ses pensées.

Régine. — La volonté, oui… Reste à savoir au service de quoi ? La volonté est un moyen, pas une fin. Vous, vous avez une forte idée du respect de l'autre, mais la volonté peut imposer n'importe quelle valeur. La liberté, c'est la liberté de choisir.

Jeanne. — C'est vrai, c'est pour cela que volonté et liberté ne s'opposent pas du tout. Leur alliance crée le sens du devoir. C'est la liberté des enfants de Dieu.

Régine. — J'appelle ça la liberté de conscience.

RÉGINE : JE SUIS POUR LE DROIT DES FEMMES À DISPOSER DE LEUR CORPS
JEANNE : JE CONSIDÈRE L'AVORTEMENT COMME UN CRIME

Régine. — Je trouve scandaleux, par exemple, ces commandos anti-IVG. Là, il y a vraiment atteinte à la liberté. Je comprends qu'on considère l'avortement comme un crime...

Jeanne. — Je le considère comme un crime, en effet.

Régine. — Je le comprends très bien. D'ailleurs, les femmes qui ont avorté le vivent souvent comme tel. Mais, en même temps, je suis pour le droit des femmes à disposer de leur corps. Je me battrai bec et ongles pour ça. À mon point de vue, ces commandos anti-IVG déforment l'Évangile. Je trouve ça honteux.

Jeanne. — Je ne suis pas de votre avis. L'avortement, en dehors de cas très particuliers, est un crime. En me référant à l'esprit chrétien, j'y vois même l'archétype du meurtre, parce que le fœtus est un être soumis. En le rejetant, on le plonge dans l'horreur. Il paraît que, quand on aspire ces enfants, ils ont des mouvements de révulsion. Ils sont terrorisés. Ils sont arrachés à cette espèce de cocon protecteur qu'est la mère. Cela me semble abominable.

Régine. — C'est en désespoir de cause que des femmes en arrivent là. Souvent, aussi, ce sont des femmes qui, sur le plan social et intellectuel, sont défavorisées. Il y a aussi les viols, les incestes. Regardez toutes ces femmes violées en Bosnie, au Kosovo.

Jeanne. — Dans ces cas-là, en effet, je comprends qu'on ne veuille pas garder un enfant.

Régine. — Il suffit de penser à ce petit qui va naître et qui ne pourra être, à moins que sa mère ne soit une sainte, qu'en butte à la haine, au rejet. Pourtant, ça ne change rien à ce que vous avez dit, un fœtus reste un être vivant à qui l'on porte atteinte. Je serais assez d'accord pour dire que l'avortement peut être considéré comme un meurtre. Mais on se sert beaucoup de ces images de fœtus « absorbé » pour culpabiliser les femmes. Ce n'est pas bien.

Auriez-vous avorté si vous aviez été victime d'un viol ?

Jeanne. — Je ne crois pas, mais c'est une question difficile. Je ne sais pas si j'aurais pu aimer un enfant après un viol… L'autre circonstance dans laquelle je peux concevoir que l'on supprime un fœtus, c'est lorsque la vie de la mère est en danger. Pour moi, dans tous les autres cas, ce sont des meurtres.

Régine. — Ne considérez-vous pas l'avortement comme une liberté de la femme ?

Jeanne. — C'est une atteinte à la liberté de l'enfant. Et l'enfant est essentiel ! Supprimer un enfant, c'est supprimer une âme.

Régine. — Il m'est facile de vous rétorquer : quand l'âme naît-elle ? Chaque spermatozoïde a-t-il une âme ? On ne sait pas à quel moment l'âme apparaît.

Jeanne. — Dès que l'enfant est conçu, il est porteur d'une âme. Ce ne sont pas les spermatozoïdes, c'est l'enfant conçu qui a une âme.

Régine. — Que pensez-vous, alors, de la contraception ?

Jeanne. — Il me paraît dommageable qu'on n'accepte pas la contraception. Avoir quinze, vingt enfants, ce n'est plus possible dans le monde moderne. La contraception, oui, c'est une liberté de la femme. Je suis persuadée que le vrai moyen de lutter contre l'avortement est de rendre la contraception plus efficace ; pour que le plus grand nombre possible de femmes enceintes soient des femmes qui veulent devenir mères. Ce qui me révolte le plus dans l'avortement, c'est le cas des couples unis, qui s'aiment, mais refusent leur enfant car ils estiment qu'il serait une entrave à leur confort. Comment peuvent-ils nier leur enfant par pur égoïsme ? Nous n'avons pas parlé de l'homme dans cette affaire. Il faut que l'homme sache, qu'il donne son avis. La décision n'appartient pas uniquement à la femme.

Régine. — Dans le cas des couples unis, le père devrait être associé à la décision, mais, si les avis sont contradictoires, la femme doit avoir le dernier mot. Quelles que soient les raisons de sa décision, si une femme ne se sent pas apte à assumer le rôle de mère, si elle sent qu'elle ne sera pas capable d'élever son enfant, de l'aimer comme il faut, elle ne doit pas le garder.

Des avortements, j'en ai vécu ; chaque fois

c'est quelque chose d'épouvantable, mais il y a des peurs plus fortes.

Jeanne. — C'est vrai qu'il y a des peurs plus fortes que la vie. C'est le cas des risques d'anormalité de l'enfant.

Régine. — Quand on vous annonce que vous attendez un petit mongolien, par pitié pour l'enfant lui-même… J'ai vécu avec une tante mongolienne quand j'étais petite. Ma grand-mère nous haïssait, nous, ses petites-filles, parce qu'on la taquinait, qu'on s'en moquait…

Jeanne. — Ce n'est pas facile d'accepter des êtres différents. Surtout pour les enfants. Mais cela ne veut pas dire que votre tante ait été vraiment malheureuse.

Pour en revenir à l'avortement, il ne devrait être pratiqué que pour des raisons de force majeure, alors qu'il l'est souvent pour des raisons de convenance personnelle. Et je crois que, dans ce domaine, la loi n'est pas assez précise. Mais c'est un sujet sur lequel nous ne parviendrons pas à nous mettre d'accord.

RÉGINE : LES PROFS ONT PEUR
JEANNE : ENSEIGNER ? UN MÉTIER INFERNAL

Régine. — Que pensez-vous des deux types d'écoles, le privé et le public ? Pour ma part, je suis pour l'éducation laïque à fond.

Jeanne. — Dans l'ensemble, l'éducation privée obtient de meilleurs résultats parce qu'elle doit absolument faire preuve de son efficacité sous peine de disparaître.

Régine. — Ce qui se passe actuellement dans l'enseignement national est terrible ! Quand vous êtes quarante ou plus dans une classe, comment voulez-vous travailler ?

Jeanne. — Au lycée Victor-Duruy, de mon temps, nous étions déjà quarante-cinq.

Régine. — Mais à l'époque, les élèves étaient sages. Je suis sûre que vous respectiez le professeur, que vous vous leviez quand il entrait... Les choses ont beaucoup changé.

Jeanne. — Le respect du professeur doit faire partie de l'éducation qu'on donne à un enfant !

Régine. — Tout à fait d'accord, mais c'est malheureusement une réalité perdue...

Quand nous étions à l'école, nous étions sages aussi parce qu'il y avait des sanctions rigoureuses. Aujourd'hui, les sanctions ne sont pas appliquées. Et quand vous interrogez les profs, les instituteurs, vous vous apercevez qu'ils ont peur... peur des mômes, peur des parents... Ils sont en dépression la plupart du temps.

Jeanne. — C'est devenu un métier infernal ! On reçoit des coups, des gifles, des insultes. Tout cela vient d'un refus général de l'autorité dans notre société. En plus, les éducateurs eux-mêmes ont fragilisé leur propre position. À force d'enseigner qu'il n'y a plus de certitudes, plus de vérité, ils ont relativisé leur enseignement et se sont relativisés eux-mêmes.

Régine. — Quelles valeurs estimez-vous particulièrement, en dehors de ce que vous avez appelé la force d'âme ?

Jeanne. — La droiture, la franchise, le sens du devoir…

Régine. — J'ajouterai le respect de la parole donnée… Et, surtout, la justice. L'injustice est révoltante.

Jeanne. — L'injustice crée entre les êtres humains des zones d'ombres : haines, jalousies… Elle peut briser des vies entières, car le sentiment d'injustice est intolérable.

Régine. — Comme dans l'affaire Seznec. Qu'on ne parvienne pas, depuis quarante ans, à obtenir la révision de ce procès !

Jeanne. — Pour vous, l'injustice, c'est le dérèglement des institutions juridiques ? Il y a beaucoup d'autres formes d'injustices dans notre société : les injustices sociales, les injustices naturelles, la pauvreté…

Régine. — « Selon que vous serez puissant ou misérable… » C'est cela qui me scandalise. Les injustices « naturelles », que voulez-vous qu'on y fasse ? Être laid, être beau, être gros, être boiteux… Je compatis… L'injustice fondamentale du monde me révolte. Et notre impuissance à y remédier aussi. Il m'arrive fréquemment de signer des pétitions pour telle ou telle cause. Je sais que ce n'est pas pour me donner bonne conscience, parce que je ne me sens pas plus satisfaite que ça après. Donner de l'argent, intervenir pour des gens en difficulté, je le fais aussi. À partir du moment où l'on occupe une certaine position, il faut utiliser ce petit pouvoir pour aider les autres.

Jeanne. — Lorsqu'on a bénéficié de chances très grandes, il faut redistribuer un peu.

La société est bourrée d'injustices, elle l'a toujours été. Elle est, par essence boiteuse ; comme dans *Le Soulier de satin* de Claudel, elle marche toujours avec un pied nu et un pied chaussé… Il faut donc essayer de la rééquilibrer. On connaît les limites des actions dans lesquelles l'une et l'autre nous nous engageons. Elles ne permettent jamais de changer les choses au fond. Mais je ne vois pas pourquoi on ne pourrait pas combiner une véritable action politique et sociale avec une forme de charité personnelle.

Régine. — La société est injuste, mais elle a changé par rapport à ce que nous avons connu. Quand j'étais enfant, il y avait encore des classes sociales marquées : la petite bourgeoisie, la moyenne, la grande, l'aristocratie… Le monde des affaires, le monde des banques… La paysannerie, avec son aristocratie et son prolétariat… Un monde ouvrier très important, avec sa propre aristocratie. Il y avait aussi tous les employés de bureau… Nous sommes passés d'une société très hiérarchisée à une société plus floue. Pour avoir discuté dernièrement avec d'anciens mineurs communistes, cette perte des repères — pas des valeurs mais des repères —

des différentes classes de la société est mal vécue. Imaginez un ouvrier qui a travaillé toute sa vie, qui a aidé ses enfants à faire le même métier que le sien et qui voit que ce travail n'a plus de valeur aujourd'hui… Il n'y a rien de pire que de penser qu'on s'est trompé toute sa vie.

Jeanne. — On est en plein virage de civilisation — et en plein cirage. C'est un sentiment très étrange : l'homme crée le changement, mais le changement lui-même crée un homme nouveau. Comment savoir aujourd'hui ce que sera l'humanité dans cent ou deux cents ans ? Autrefois, le monde pouvait changer, mais l'homme restait lui-même, avec les mêmes défauts et les mêmes qualités. À présent on peut se dire qu'avec les manipulations génétiques, l'homme de demain sera très différent de celui qu'on a connu. Sera-t-il mieux pour autant ?

RÉGINE : CERTAINS CHANTEURS ACTUELS SONT DE VRAIS POÈTES
JEANNE : JE M'ENDORS TOUS LES SOIRS EN ME RÉCITANT UN POÈME

Régine. — Nous vivons dans une société de plus en plus analphabète, mais dont les membres, par le biais de la télévision, acquièrent un nouveau type de connaissance. Un savoir qui nous vient un peu malgré nous. En même temps, certains « rites » demeurent, comme la poésie, par exemple.

Jeanne. — On ne comprend plus rien à la poésie actuelle. Elle qui a été si populaire à travers les âges, est aujourd'hui devenue complètement élitiste.

Régine. — Chaque époque a eu son lot de poètes qui ont voulu « casser la baraque ». Il y a des poèmes de Saint-John Perse ou même de René Char complètement hermétiques. Je vais au marché de la poésie depuis qu'il existe place Saint-Sulpice à Paris, c'est incroyable la multitude de publications qui y sont présentées. Il y a beaucoup de choses intéressantes, mais on ne les connaît pas. Il faudrait que la télévision invite des poètes et que les journaux publient leurs œuvres dans les pages littéraires.

Jeanne. — La poésie est essentielle. Les hommes ont besoin de poésie. Comme la musique, elle nous ouvre un monde infini que la simple raison n'atteint jamais.

Régine. — Je reçois beaucoup de manuscrits signés de gens qui n'essaient même pas de se faire publier, des gens qui écrivent comme ça, pour eux. Un de ces écrivains m'a dit : « J'ai écrit ça pour le laisser à mes enfants. » Je pense qu'il y a tout un courant de poésie populaire caché. Il serait intéressant de l'étudier.

Jeanne. — Beaucoup de gens très simples aiment la poésie et en écrivent. Ce n'est pas toujours ce que l'on pourrait souhaiter, mais c'est souvent touchant.

Régine. — À la fin du XIXe et au début du XXe siècle, il s'écrivait des choses étonnantes, la poésie ouvrière, la poésie libertaire, anarchiste… Je collectionne tous ces recueils de poésies.

Jeanne. — Je m'endors tous les soirs en me récitant des poèmes — j'en ai appris beaucoup et je trouve que c'est une bonne façon d'entrer dans le rêve.

Régine. — Et la chanson ?

Jeanne. — J'aime la chanson populaire. J'aime Charles Trenet, Yves Montand... tous ceux de ma génération, en fait. Les opérettes aussi. Quand j'étais enfant, mon père nous en chantait des extraits et nous adorions ça, ma sœur et moi.

Régine. — Et les chansons actuelles ? Mano Solo, par exemple, est un vrai poète.

Jeanne. — Louis VII disait : « En France on a du pain, du vin et des chansons. » Hélas ! on chante beaucoup moins qu'avant...

Régine. — Je ne le crois pas. Regardez les karaokés. C'est comme autrefois, ce qu'on appelait les caveaux : des lieux de rencontre où chacun venait chanter son couplet, lire son poème. Je trouvais ça délicieux ! J'ai publié, avec mon fils, un livre où étaient répertoriées les meilleures chansons sur Paris...

Jeanne. — Les chansons permettent aussi de suivre l'évolution de la langue populaire. Chaque génération apporte son contingent d'expressions.

Régine. — Et certaines tombent dans l'oubli. Je viens de recevoir un dictionnaire des mots perdus. Vingt-cinq mille mots ! La langue française possède vingt-cinq mille mots qui n'apparaissent plus dans les dictionnaires... Il y a aussi des mots de patois qui étaient très utilisés. Chez nous, dans le Poitou, on disait, par exemple, « ferlasser » pour « froisser le papier ».

Jeanne. — À La Chartre, il y a une expression qu'on emploie beaucoup, c'est « crouiller la porte » : fermer au verrou. J'aime beaucoup cette expression.

Régine. — Poèmes ou romans, on en vend de moins en moins. En France, si un livre se vend à trois mille exemplaires, c'est un succès. Très peu d'écrivains vivent de leurs œuvres. Heureusement les bibliothèques se sont multipliées.

Jeanne. — Quarante-cinq pour cent de Français n'achètent jamais un livre. De leur vie ! C'est accablant. Et la télévision éloigne encore de la lecture...

Régine. — Peut-être qu'au contraire la télévision a amené aux livres des gens, par le biais d'une émission littéraire, ou le ramdam médiatique au moment des prix...

C'est drôle, pendant très longtemps on disait : « Tu lis trop, tu vas t'abîmer les yeux. » Maintenant, on regarde la télévision ! Puisqu'on fait de la publicité pour les voitures ou pour les lessives, pourquoi pas pour les livres ? Que la télévision s'ouvre à la publicité des éditeurs !

RÉGINE : JE ME MÉFIE DES IMAGES
JEANNE : ON NE PEUT PAS DIRE QUE L'IMAGE RESPECTE LE SENS DU SACRÉ !

Jeanne. — Et le théâtre ? Il répond à un besoin fondamental. Il exprime les passions mieux que tout autre art.

Régine. — Les gens vont de plus en plus au théâtre. Dans notre société, ça se comprend. Le théâtre a un côté humain, charnel.

Jeanne. — Quelqu'un a dit : « Au théâtre, on vit ; au cinéma, on a vécu. » Cette phrase est très juste.

Régine. — J'aime aussi beaucoup le cinéma. Pourtant, je me méfie des images, mais cela concerne plutôt la télévision.

Jeanne. — La télévision est la pire et la meilleure des choses. Elle aurait dû être un formidable instrument d'éducation des masses, or, dans le monde entier, elle est souvent un instrument d'abrutissement généralisé et de déculturation.

Régine. — Malgré tout, l'image est un langage et nous serons amenés à nous en servir de plus en plus. Par l'informatique, par des choses que nous ne connaissons pas encore. On va presque en revenir aux signes des cavernes. Il y aura donc une coupure de plus en plus grande entre les gens de l'image et les gens du livre.

Jeanne. — Une coupure qui existe au moins depuis la Bible ! Lorsque Moïse descend avec les Tables de la Loi, il s'attaque au Veau d'or qui est une image. Les juifs et les musulmans ont mieux compris que les chrétiens que l'image était réductrice, simplificatrice. C'est sa force et son danger. Mais, lorsque les hommes des cavernes peignaient un aurochs sur un mur, c'était pour eux un rituel. L'image avait un sens sacré. Actuellement, on ne peut pas dire que l'image respecte quelque sens du sacré que ce soit ! L'image est au service de la pornographie, de la vulgarité, du commerce. L'art même en est le plus souvent absent. Je crois que les professionnels de l'image devraient avoir une plus haute idée de leurs responsabilités.

Vous parliez de publicité... Elle utilise les femmes d'une façon complètement ridicule et déshonorante !

Régine. — On vous raconte une histoire imbécile avec un grand brun qui aime une belle blonde...

Jeanne. — Le drame de la télévision, c'est la facilité. Elle n'exige de nous aucun effort.

Régine. — Les feuilletons comme *Dallas* remplacent au rabais les romans-feuilletons du XIXe siècle. Dumas, c'était la taille au-dessus ! Même des feuilletonistes de moindre qualité se laissent lire : qui n'a pas pleuré en lisant *Les Deux Orphelines, Vierge et mère, Le Bossu* ? Certains de ces feuilletons sont hallucinants.

Mais le feuilleton du XIXe siècle n'était pas écrit aux fins d'abrutir les masses. C'était l'héritage du roman noir du XVIIIe, on racontait des histoires palpitantes, avec des enlèvements, etc. Aujourd'hui, la plupart des feuilletons à la télévision sont sciemment nivelés par le bas, et, de plus, la plupart du temps ils sont américains !

JEANNE : LES AMÉRICAINS ONT PRIS TROP DE POUVOIR
RÉGINE : LE MODÈLE AMÉRICAIN EST PERNICIEUX

Jeanne. — L'américanisation transforme notre culture de façon insidieuse et fait de nous des colonisés.

Régine. — Depuis la fin de la dernière guerre mondiale et sous tous les septennats, on a tout accepté des Américains ! On a donc des programmes à l'américaine qui, dans un premier temps, pouvaient surprendre le spectateur français — une sorte d'exotisme... — mais aujourd'hui... Ce n'est pas l'exemple américain qui nous aidera à nous en sortir...

Jeanne. — Comme la plupart des gens de ma génération, j'ai été assez proaméricaine. Ils nous avaient libérés, nous aimions leur musique et leur cinéma. Aujourd'hui, j'ai le sentiment que les Américains ont pris trop de pouvoir. Les États-Unis sont devenus un pays dominateur. Un des effets regrettables de la disparition des systèmes économiques des pays de l'Est — que je ne regrette pourtant pas —, c'est que tout penche à l'Ouest...

Régine. — Sans compter que le modèle de la femme américaine est tout ce que je hais. Il suffit de voir le comportement de Hilary Clinton, qui est une femme intelligente, cultivée, brillante dans son travail. Pour plaire au clan bourgeois du parti de son mari — le parti « démocrate », qui plus est ! —, elle se met à parler de cuisine, écrit pour les enfants... Alors qu'elle devait s'occuper de la santé, de la délinquance...

Jeanne. — Qu'une femme instruite comme Hilary Clinton soit obligée de jouer à la bonne ménagère révèle la longueur du chemin que les femmes ont encore à parcourir ! Et cela dépend en bonne partie d'elles. Il faut qu'elles transforment chez leurs propres enfants cette conception de leur rôle social.

Régine. — L'hégémonie américaine met aujourd'hui un grand nombre de cultures en péril. Les Américains ne cherchent pas seulement à exercer un pouvoir politique, ils veulent imposer un style de vie purement commercial. Et cela, partout dans le monde, ils s'attaquent aux plus jeunes, par l'habillement, la nourriture, la musique, etc. Le modèle américain est devenu fondamentalement pernicieux. Il se présente comme libéral et même religieux, mais il n'est que matérialiste, ne pense qu'au « fric » — j'emploie ce mot parce que c'est vraiment ça. Il y a une perte d'âme totale dans la société américaine contemporaine, greffée sur un puritanisme ahurissant !

RÉGINE : J'AI UN REJET ANIMAL DES VILLES SOUTERRAINES. MONTRÉAL OU LA DÉFENSE
JEANNE : JE VIVRAIS VOLONTIERS AU CANADA

Régine. — Auriez-vous pu vivre à l'étranger ?

Jeanne. — Peut-être dans un pays nordique. Je n'aime pas le machisme des pays méditerranéens. Ou au Québec, que j'aime beaucoup. Je ne suis pas douée du tout pour les langues étrangères et les Québécois parlent français... Et puis ce sont nos cousins ! Ce serait un peu quitter la France tout en ne la quittant pas. Oui, je vivrais volontiers au Canada. La seule chose qui m'ennuierait, ce seraient les hivers qui durent six mois... mais les étés sont splendides et l'automne, admirable ! Les Canadiens se sont très bien organisés : à Montréal, il y a une ville souterraine parfaitement aménagée.

Régine. — Tout ce que je déteste ! Dans une ville souterraine, Montréal ou la Défense, j'ai aussitôt un rejet animal, violent, de ce type de modernité. La Défense est un lieu épouvantable : ce grand hall du RER est inhumain. Je comprends que les gens qui passent là chaque jour n'aient pas envie de se sourire.

Jeanne. — De toute façon, les Français sourient peu. Lorsqu'on les compare aux étrangers, c'est frappant.

Régine. — Les Français sont agressifs. Je me sens de moins en moins bien en France. La société française contemporaine me met mal à l'aise. La montée des extrêmes droites, le rejet des autres. C'est une société terne, matérialiste, brutale. La France est pourtant un pays béni des dieux. Quand on a voyagé à travers la France, on voit à quel point ce pays est divers, magnifique, riche et beau. Mais ce qu'on est en train d'en faire… Un pays dont les campagnes se désertifient, avec des métropoles occupées d'horribles centres commerciaux. Ces centres sont une espèce de gangrène qui dévore et le paysage et le comportement des gens. Où vont les jeunes couples dans les banlieues le samedi ? Au supermarché. Même s'ils n'ont pas ou peu les moyens d'acheter…

C'est un vrai déchirement : je me sens terriblement française, très attachée à cette terre. Mais, quand on travaille sur l'histoire récente et qu'on voit les erreurs et les saloperies commises dans ce pays, on commence à être moins fier. Maintenant, je crois que je pourrais vivre à l'étranger.

5

Les femmes et les hommes

RÉGINE : IL N'Y A PAS DE SYNDICATS FÉMININS
JEANNE : LE MONDE DU TRAVAIL EST DUR POUR LES FEMMES

Régine. — Quel peut être, en particulier, le rapport des jeunes chômeuses, filles de chômeurs, avec le travail ? Nous vivons dans une société où il n'y a pas de travail pour tout le monde, et il n'y en aura pas plus dans l'avenir. Il faut repenser la notion de travail. Ne pas lui accorder cette importance, cette valeur qu'il n'a plus. C'est une notion complètement dévalorisée. Il y a des jeunes gens dont les parents n'ont jamais travaillé, qui eux-mêmes n'ont jamais travaillé. Quel peut être leur rapport au travail ?

Jeanne. — Certains et même certaines affirment — c'est un discours absurde — que les femmes ont pris le travail des hommes, qu'il faut les renvoyer à leur foyer…

Régine. — Les femmes sont rentrées dans le monde du travail — pour employer un vocabulaire déjà périmé — parce qu'elles voulaient être considérées comme des êtres humains à part entière, des êtres autonomes, et elles avaient raison ! Qui est responsable doit gagner sa vie... Quelle expression horrible !

Jeanne. — Confondre « gagner de l'argent » et « gagner sa vie »... Mais, évidemment, gagner de l'argent procure une forme de liberté qui, pour les femmes, est essentielle. Pendant longtemps on a cru qu'il y avait une contradiction irréductible entre le rôle d'épouse et de mère et celui de femme au travail. Beaucoup de femmes ont pensé qu'il fallait choisir, qu'elles ne pouvaient pas jouer tous ces rôles à la fois. Or je lisais l'autre jour une enquête qui montrait que les femmes ressentent de moins en moins cette double charge comme un conflit. Quatre-vingts pour cent des femmes travaillent aujourd'hui et sur ces quatre-vingts pour cent une grande majorité pense que concilier sa vie professionnelle et sa vie privée est non seulement possible mais normal.

Régine. — C'est ainsi que vit la majorité des femmes entre trente et soixante ans.

Jeanne. — D'ailleurs, autant il était mal vu autrefois, au XIXe siècle encore, qu'une femme travaille, autant c'est l'inverse à présent.

Si quelqu'un ou quelque chose vole le travail de l'homme aujourd'hui, ce n'est pas la femme, c'est la machine. C'est pourquoi la femme doit continuer à se battre pour conserver ou améliorer ses droits.

Au Moyen Âge se tenaient des assemblées de « prudes femmes » — rien à voir avec la pruderie. Ces femmes défendaient les intérêts de celles qui travaillaient dans les mêmes corporations qu'elles ; c'étaient des sortes de syndicats de femmes... Je ne suis pas sûre que ça existe à notre époque...

Régine. — Je ne crois pas en effet qu'il y ait des syndicats féminins. Dans les usines, dans les entreprises où les femmes sont nombreuses, certains représentants syndicaux peuvent être des représentantes...

Jeanne. — Nicole Notat est même à la tête d'une des principales centrales syndicales. Mais, de manière générale, dans les syndicats, il faudrait renforcer la représentation féminine.

Régine. — En s'attendant à des réactions très misogynes contre elles de la part des autres syndicalistes. Leur attitude vis-à-vis de Notat est honteuse !

Jeanne. — C'est vrai. Le monde du travail demeure très dur pour les femmes.

Régine. — Il y a encore beaucoup à faire dans ce domaine avant qu'elles soient reconnues par l'homme comme des partenaires de plein droit... quand elles ne sont pas chômeuses...

Jeanne. — À travail égal, salaire égal, c'est une des premières aspirations de la femme. Sur ce plan-là et sur beaucoup d'autres, on demande toujours à une femme de prouver plus qu'un homme, ce qui est scandaleux. Françoise Giroud a dit : « Le jour où on verra une femme incompétente à un poste très élevé, ce jour-là, l'égalité des sexes sera réelle. »

Dans ce domaine, la France, pays des droits

de l'homme plus que des droits de la femme, est très en retard.

RÉGINE : LA FEMME EST UN ÊTRE DE COURAGE
JEANNE : LES FEMMES SONT PROFONDÉMENT CRÉATRICES

Régine. — Croyez-vous que les femmes se réfèrent à des valeurs différentes de celles des hommes ?

Jeanne. — Je crois que le sens des valeurs est universel, mais que les moyens mis en œuvre pour les atteindre varient d'un sexe à l'autre. Le courage, par exemple, est l'une des grandes forces de la femme, comme de l'homme, mais ce n'est pas le même courage. Le courage de l'homme est plus guerrier, plus physique, c'est un courage d'action. Le courage de la femme est plus intime. Une force de l'âme.

Régine. — La femme aussi peut faire preuve de courage d'action : Jeanne Hachette, les résistantes, les Palestiniennes, les Iraniennes, les Chiliennes, les Vietnamiennes…

Jeanne. — ... les Algériennes, à qui il faut un courage inouï, pour résister au fanatisme ambiant, pour continuer à revendiquer haut et fort leur droit à la différence sous le regard des terroristes.

Régine. — Le cas de l'Algérie est exemplaire, si on le compare, à cinquante ans de distance, avec celui de l'Allemagne. Rappelez-vous les foules au moment de la montée du nazisme, ces femmes qui tendaient leurs enfants vers Hitler en pleurant… Les femmes n'ont pas eu plus de clairvoyance politique que les hommes. Le peuple allemand dans son ensemble a porté cet homme-là au pouvoir ; ils et elles l'ont choisi.

Jeanne. — Le nazisme me semble pourtant être un mouvement très masculin. Les femmes y ont participé mais elles n'en étaient ni l'origine ni la fin. Il y a eu très peu de femmes parmi les dignitaires nazis. Je ne cherche pas à les exempter de leur responsabilité en disant cela, elles ont suivi le mouvement sans s'y opposer et même souvent avec enthousiasme, ce qui suffit à les rendre solidaires des hommes.

Régine. — Le nazisme prônait cependant certaines « valeurs » qui concernaient directement les femmes. La sauvegarde de la race aryenne, par exemple. On faisait faire des enfants à des « belles » filles par des « beaux » garçons… Des femmes l'ont accepté.

Jeanne. — Mais le concept de pureté de la race n'a pas été inventé par un mouvement de femmes allemandes. Ce sont les hommes qui l'ont élaboré. Tout comme aujourd'hui le fanatisme musulman est masculin — mais vise en premier lieu les femmes.

Régine. — L'idée de la femme que le monde occidental véhicule choque profondément les musulmans. Il n'y a pas plus hostile aux femmes actuellement que les groupes musulmans. Malika Mokkedem est algérienne, médecin et écrivain. Elle n'est pas retournée dans son pays depuis quelques années, mais lorsqu'elle vous décrit le regard que les hommes portent sur elle là-bas, les insultes…

Jeanne. — Une femme libre, c'est dangereux… Les hommes en ont peur. D'où une haine encore plus farouche.

Longtemps je me suis demandé : « Y a-t-il une nature féminine ? » Aujourd'hui, je crois que oui, ce n'est pas un mythe. Elle est faite d'intuition, de sensibilité, d'imaginaire, de dévouement et de courage. C'est tout ça, la nature féminine.

Régine. — Peut-on vraiment parler de nature ? Les traits que vous évoquez ne nous ont-ils pas été imposés par l'éducation que nous avons reçue, nous les femmes, au cours des siècles ? Une éducation qui nous laissait toujours soumises à l'homme, qu'il soit le père, le frère ou le mari. Serions-nous si douces, si intuitives, si dévouées, si nous n'avions pas été mises un peu à l'écart, un peu protégées ; pourquoi ? parce qu'on mettait bas, c'est tout.

Jeanne. — Le mot « nature » n'est sans doute pas le bon. Mais je continue à croire que la femme possède certains caractères spécifiques qui sont sans doute dus à la fois aux attributs que la nature lui a donnés et à son histoire. Musculairement, par exemple, l'homme est plus fort, c'est une évidence, et, lorsqu'une femme risque d'être, disons, violentée par un homme, elle ne peut guère se défendre. Elle a donc développé une force intérieure, et même un pragmatisme, une dureté, une résistance… qui vont de pair avec son imaginaire et sa sensibilité.

Régine. — Pour moi, la femme est surtout un être de courage. La force intime me paraît être une de ses caractéristiques principales. Il y a chez les femmes une force intime… qui les fait tenir debout.

Jeanne. — Il ne faut pas voir dans la femme que sa force. Sa sensibilité est aussi une de ses grandes qualités. C'est pourquoi je crois que les femmes sont profondément créatrices — peut-être aussi parce qu'elles sont mères et que leur fonction biologique a de très nettes répercussions sur leur psychologie et leurs activités intellectuelles. Quand on pense que le XIXe siècle niait les capacités créatrices de la femme ! Il n'y a pas de siècle pire pour les femmes que le XIXe. À cause du code Napoléon, les femmes ont été écrasées, passées au rouleau compresseur. Elles n'avaient aucun droit ni aucun pouvoir. Alors qu'à des époques plus anciennes elles ont connu des situations beaucoup plus favorables. La femme médiévale, elle, avait des droits et des pouvoirs considérables. Elle pouvait voter, gérer sa fortune, hériter; elle exerçait les mêmes métiers que les hommes… On lui retire tout ça à la Renaissance. C'est-à-dire qu'on lui retire l'essentiel. Pensez qu'au Moyen Âge les filles étaient majeures à douze ans ! On leur retire cette majorité pour en faire des mineures à vie. Et cela va durer jusqu'en 1945, puisque, jusqu'en 1945, nous n'avons pas le droit de vote. Ce qui s'est passé sur les plans juridique et politique s'est passé de la même manière sur le plan culturel.

Régine. — C'est évident dans la littérature. Les textes des femmes ne sont même pas parvenus jusqu'à nous : les hommes occupaient dans la librairie et dans l'université les postes qui en auraient permis la diffusion. Au moment où ils ont été écrits, ils ont été diffusés et ils ont eu beaucoup de lecteurs et de lectrices. Mais par la suite ils ont disparu. Je l'ai vu quand j'ai écrit une anthologie de la poésie féminine. Je poussais des hurlements toute seule en y travaillant. De haine, de colère. Je me disais que ce n'était pas possible que tel talent soit si méconnu, alors que dans une anthologie « générale », je trouvais tel ou tel poète très mineur par rapport à ces femmes.

Jeanne. — À l'époque médiévale, il y avait autant de troubadours femmes que de troubadours hommes. C'est très important de savoir cela.

Régine. — Dans d'autres domaines, comme la peinture, la sculpture ou la musique, l'apport des femmes a dû aussi être important, mais on en a encore moins de traces que dans les lettres. À la Renaissance, dans les écoles de peinture, il y avait sûrement des femmes, mais leurs noms ne sont pas venus jusqu'à nous. Très souvent, il est vrai, ce sont des œuvres collectives, signées du nom du maître.

Jeanne. — C'est vrai qu'on connaît très peu de femmes musiciennes. Mais combien de Mozart-femmes la société masculine a-t-elle tuées ? Nous ne le saurons jamais. Nous pouvons seulement espérer qu'il y en aura dans l'avenir.

Régine. — Le fait est qu'il y a encore très peu de compositeurs, je devrais dire compositrices, même si les interprètes féminines sont nombreuses. Débarrassées des tutelles masculines, à la fois réelles et d'ordre psychologique, on devrait assister à une éclosion de talents féminins dans tous les domaines. Même dans le domaine politique, ce qui ne sera peut-être pas la meilleure chose…

Jeanne. — Il est impossible que l'on continue à avoir un nombre aussi ridicule de femmes dans la représentation de la société. D'une part, parce que les femmes doivent devenir maîtresses de leur destin et, d'autre part, parce qu'elles peuvent infléchir la politique dans une autre direction que celle de la rivalité et de la violence auxquelles les hommes croient tant.

Régine. — Il reste quand même un énorme travail à faire, car les femmes sont souvent piégées par leurs qualités : l'ambition ne se place pas au même endroit pour un homme et pour une femme. On le voit dans une assemblée de dix hommes et une seule femme : elle ne prend pas la parole.

Jeanne. — Déjà, sa voix est plus douce. Elle porte moins — mais ce n'est pas la vraie raison de son mutisme.

Régine. — Pourquoi aime-t-on autant les voix graves, moi la première ? Face à un auditoire, à la Chambre ou ailleurs, la voix d'une femme sonne aigrelette… Si elle n'arrive pas à surmonter la peur de la moquerie masculine, une femme reste paralysée.

JEANNE : ON SE SENT TOUT LE TEMPS MENACÉ
RÉGINE : IL FAUT MONTRER QU'ON EST LÀ

Jeanne. — La misogynie est toujours présente, partout, constamment. C'est pour moi une forme de racisme sexuel insupportable.

Régine. — L'homme continue d'exercer sur la femme une forme de « violence » physique.

Jeanne. — La société actuelle pousse tout le monde à la violence. Il faut toujours être le meilleur, le plus fort, le plus riche, le plus ceci ou le plus cela. Résultat : l'agressivité est générale. On a dit que les femmes ont provoqué la disparition de la galanterie en revendiquant leur égalité, mais c'est faux. Ce qui a disparu, ce n'est pas la galanterie, c'est l'attention à l'autre. L'égoïsme féroce, la barbarie environnante font que les gens sont comme des blocs, farouchement indifférents ou hostiles les uns aux autres : on a peur de l'autre. On se sent tout le temps menacé. Et pas seulement les femmes.

Régine. — Ce n'est pas récent. Au XIXe siècle, traverser les Tuileries pour une jeune femme, c'était une agression continuelle, des quolibets plus salaces les uns que les autres, des brimades. La femme, aujourd'hui comme hier, vit dans la crainte. Mais il y a aujourd'hui chez elle une sorte d'élan vers la vie, une façon d'occuper l'espace qui sont nouvelles. C'est ce que j'aimerais transmettre à mes filles — ou à d'autres femmes. Une forme d'autorité, savoir montrer qu'on est là. Les agressions disparaissent alors d'elles-mêmes, que ce soient des agressions verbales ou physiques...

Jeanne. — Les rapports entre hommes et femmes ont considérablement évolué depuis cinquante ans. Hormis la question de la séduction, les hommes ne nous regardent plus de la même façon. Les regards d'un homme de vingt, quarante ou soixante ans ne sont pas les mêmes, mais, en général, les hommes ont compris que les femmes n'accepteraient plus de leur obéir passivement, qu'il faut composer avec elles. C'est déjà ça !

Régine. — Les femmes elles-mêmes ont énormément changé, du fait des droits qu'elles ont obtenus en cinquante ans. Nous verrons peut-être se concrétiser les changements profonds liés à ces mutations juridiques. En tout cas, les femmes du XXIe siècle les verront. Depuis les années soixante, la femme occidentale est juridiquement plus autonome.

Un grand problème demeure : quoi qu'on fasse, les hommes n'ont pas de considération pour les femmes. Ils ne respectent plus la femme en tant que mère et ils ne la respectent pas encore en tant que personne.

Jeanne. — Peut-être sommes-nous allées trop loin dans le féminisme ? Le côté « garçonnier », la perte de féminité, a été une erreur. C'est l'une des choses que je reproche au féminisme qui a eu, d'autre part, c'est évident, des aspects très positifs.

Régine. — Les hommes ont saisi ce prétexte pour durcir leurs relations avec les femmes. Je suis surprise du peu d'intérêt qu'on accorde à la parole des femmes à l'heure actuelle, quelles que soient les instances. Sauf peut-être dans le cas des femmes juges d'instruction : Mme Joly dans son bureau de dix-huit mètres carrés fait trembler tout le monde…

Jeanne. — Il est frappant que, dans notre système démocratique, les femmes ne soutiennent pas leurs candidates de façon significative. Nous sommes plus nombreuses que les hommes, en France (et dans le monde), nous pourrions donc théoriquement obtenir la majorité politique. Or, il n'y a pas de « vote féminin » en tant que tel, qui porterait les femmes au pouvoir. Les femmes considèrent encore que le pouvoir est l'affaire des hommes.

Régine. — Très peu de femmes ont envie d'être élues… On parle de quotas, mais je suis sûre qu'on ne parviendra pas à trouver suffisamment de femmes souhaitant jouer un rôle politique actif. L'attitude même des hommes a sur nous un effet paralysant. Pour répondre à ça, il faut la force de Gisèle Halimi ou de Françoise Giroud, bec et ongles.

Jeanne. — Par son attitude, l'homme pousse souvent la femme à l'excès. Elle va trop loin, par peur de paraître faible.

RÉGINE : LES FEMMES FONT PEUR
JEANNE : AH, L'ORGUEIL DES HOMMES !

Régine. — Que signifie souhaiter le pouvoir en politique ? Pour moi, cela veut dire être au service de l'État, donc des autres. Or, ce n'est pratiquement jamais le cas. La plupart du temps, les hommes font carrière. Ils veulent du pouvoir pour avoir un chauffeur, une voiture, une cocarde, des motards…

Jeanne. — Il y a chez l'homme un goût de l'apparat que les femmes n'ont pas.

Régine. — À quoi sert cette « représentation » ? Les hommes sont de grands enfants, ils font joujou. Ils aiment les réunions, les séminaires, les clubs… C'est la barbe, si j'ose dire ! Je bâille d'ennui !

Les femmes sont souvent attirées par le pouvoir des hommes car, paradoxalement, ce pouvoir a été pour elles synonyme de liberté. C'était le pouvoir de l'argent, mais aussi l'accès à la connaissance. Aujourd'hui, l'enseignement et le travail rémunéré n'étant plus réservés aux garçons — et cet acquis, pour une fois, nous le devons au XIXe siècle —, la femme a gagné en autonomie et devrait, en bonne logique, jouer un rôle politique de plus en plus grand.

Jeanne. — Mais son sort n'est pas seulement entre ses mains. Il dépend aussi des hommes, dont l'attitude doit changer. Et pas uniquement sur le plan social, sur le plan personnel aussi. Le regard que les hommes portent sur nous est souvent injuste, quand il n'est pas protecteur ou machiste.

Régine. — Sur le plan intellectuel en particulier, ils nous considèrent comme inférieures. Je l'ai éprouvé physiquement, ce jugement, même de la part d'amis.

Jeanne. — L'orgueil des hommes est très grand.

Régine. — Pas l'orgueil, Jeanne, la vanité. Les femmes sont peut-être moins égocentristes.

Jeanne. — Elles sont souvent mères, donc davantage tournées vers les autres. Les femmes ont l'habitude de partager, avec leurs enfants, avec ceux qu'elles aiment.

Régine. — Je crois en effet qu'il y a une différence radicale, primaire, entre l'homme et la femme. Dans un jardin public, par exemple, avec des petits enfants entre deux et quatre ans, les filles jouent avec les filles et les garçons jouent avec les garçons. Personne ne leur a demandé d'agir ainsi. Des enfants de deux ans dans un magasin de jouets ? Les petites filles vont vers les poupées, les petits garçons vers les camions…

Jeanne. — Certaines féministes soutiennent exactement le contraire ! Simone de Beauvoir ne l'a-t-elle pas écrit ?

Régine. — La différence est naturelle. C'est pour cela que les hommes ont peur des femmes.

Jeanne. — La peur que les hommes ont des femmes vient également de la sexualité, les hommes étant dans ce domaine d'une extraordinaire inquiétude. Le christianisme a renforcé cette peur. Dans le monde chrétien, il y a deux types de femmes : Ève qui a perdu l'humanité et Marie qui l'a rachetée. Et la femme continuera longtemps à être tiraillée entre ces deux figures : celle qui perd et celle qui sauve.

Le judaïsme puis le christianisme ont joué là un rôle très important dans la définition de la femme. Pour beaucoup d'hommes aujourd'hui encore, la femme ne peut être que sainte ou putain. Ce qui est plus que caricatural ! Tout ce qui concerne Ève dans la Bible est très intéressant. On voit que la femme y est considérée comme un être ondoyant et instable, donc dangereux.

Régine. — La femme est l'être impur aussi.

Jeanne. — Si l'homme et la femme ont une peur réciproque l'un de l'autre, on peut se demander s'ils sont faits pour vivre ensemble…

Régine. — C'est une question que je me suis posée et que je me pose encore. Et franchement, je ne sais pas. Mais ils sont amenés à vivre ensemble. On ne peut pas couper le pays en deux : d'un côté, la république des femmes, de l'autre, la république des hommes…

Jeanne. — Je crois qu'il existe quand même une grande complémentarité entre l'homme et la femme. Nous vivons dans deux univers différents ; on n'a pas les mêmes sensibilités, pas les mêmes ambitions, pas les mêmes conceptions du monde… Mais il y a l'amour pour communiquer d'un monde à l'autre. L'amour est le ciment idéal, qui permet aux hommes et aux femmes de vivre ensemble de façon « convenable », disons assez satisfaisante, parfois même merveilleuse. L'amour est un miracle permanent.

RÉGINE : UNE FEMME SAIT INSTINCTIVEMENT SI ELLE PLAÎT
JEANNE : LES HOMMES SONT PLUS PUDIQUES

Régine. — Un des aspects de l'amour m'a toujours intéressée : la séduction. On la remarque très tôt entre les petits garçons et les petites filles. Très jeune, une petite fille joue les coquettes, roule des yeux, fait des grâces... Le désir de se faire remarquer par l'autre, par l'homme, est tout de suite là.

Jeanne. — Les petits garçons aussi cherchent à séduire, mais pas par les mêmes moyens.

Régine. — Le garçon va rouler des mécaniques. Un gamin de douze ans fait ronfler sa mobylette. Un petit coq. Et les filles vont rire. N'importe où dans le monde, vous verrez la même chose : les filles se cachent derrière leur éventail, leur chapeau. Et les petits garçons sont troublés.

Jeanne. — Les hommes sont beaucoup plus pudiques que les femmes. Le petit garçon se défend contre la séduction. La petite fille est plus provocante.

Régine. — Je me souviens très bien, petite fille, lorsqu'un plus grand me faisait monter sur son vélo, je m'asseyais sur le cadre avant, et il y avait en moi une sorte d'abandon. Aujourd'hui encore, j'ai une grande indulgence pour les hommes qui essaient de me séduire.

Jeanne. — C'est toujours flatteur. Il faut avouer que la femme joue souvent avec l'homme. Elle sait avant lui comment il va s'y prendre... Et puis une femme sait instinctivement si elle plaît ou ne plaît pas. Elle le sent.

Régine. — On sait aussi si on va accepter d'être draguée — ou courtisée, comme on disait autrefois. Certains hommes, en nous courtisant, nous insultent : on sent leur attention à notre égard comme dégradante. C'est très curieux et injuste.

Jeanne. — Ce sont des réactions incontrôlables. Contrairement à ce qu'on croit, la femme n'est pas toujours heureuse d'être courtisée. Il y a des hommes qui vous révulsent, pas forcément par leur physique, plutôt par leurs manières ou leur façon de parler. Mais, en général, les femmes éprouvent un grand plaisir à être courtisées. Imaginez un monde sans séduction, ce serait l'horreur !

Quand j'étais jeune, les ouvriers du bâtiment sifflaient quand on passait devant eux dans la rue. J'adorais ça ! Aujourd'hui, c'est fini. Vous vous souvenez de cette phrase de Mme Récamier. Elle disait : « Du moment où les petits ramoneurs ne se sont plus retournés sur mon passage, j'ai voilé mes miroirs. »

Régine. — Jeanne, que trouvez-vous séduisant chez un homme ?

Jeanne. — J'aime, en principe, les hommes grands et blonds. Et j'ai épousé un homme de taille moyenne et brun. Mais ce qui m'attire surtout chez un homme, c'est le regard. Il y a des regards qui captivent et des regards qui révulsent. Il y a des regards qui sont des pièges, on le sait, mais on les affronte avec joie.

Régine. — Oui, le regard est important. Après vient la parole. La voix, les mots peuvent avoir un effet magique.

On parle toujours trop au début des relations amoureuses. Après, on ne parle peut-être plus assez… Pourquoi les hommes et les femmes tentent-ils toujours de justifier leur désir ?

Jeanne. — Parler, ce n'est pas seulement convaincre l'autre, c'est aussi essayer de se convaincre soi-même. En fait, on est rarement sûr de son désir. Lorsqu'on l'est, alors le silence est possible, comme dans les contes médiévaux où les amants se couchent en paix l'un à côté de l'autre.

Régine. — Je ne suis pas sûre, personnellement, d'avoir un type d'homme idéal. Peut-être un grand mec, très costaud, avec un côté protecteur. Je ne déteste pas les machos — d'une façon superficielle, bien sûr. Je ne le supporterais pas tous les jours. Mais je trouve ça assez drôle. Je n'aime pas du tout les hommes androgynes.

J'essaie toujours de comprendre ce qui fait que je désire un homme. Avoir du désir pour un homme qui n'en éprouve pas pour soi, c'est très agaçant...

Jeanne. — Je crois que, quand une femme veut arriver à ses fins, elle trouve toujours un moyen. Le désir peut être immédiat, mais il se construit aussi. La femme a toutes sortes de possibilités, tout un jeu, à sa disposition : maquillage, mode...

Régine. — Les choses varient avec les époques. Quand je suis arrivée à Paris — j'avais dix-huit ans et j'adorais séduire —, je m'étais composé tout un personnage. Je fumais toujours avec un grand fume-cigarette, j'avais une façon de laisser filer la fumée, les yeux mi-clos, j'avais une façon de retirer mes gants, j'avais une façon de croiser les jambes, etc. Un travail ! Mais je me rends compte à quel point à l'époque — et ça a duré au moins jusqu'à l'âge de vingt-cinq ans — j'avais la volonté de séduire. Et de séduire avec des clichés, des trucs que j'avais vus dans des films, des trucs très enfantins. Une façon de dégager son oreille... Un ami m'a dit un jour, beaucoup plus tard : « Toi, tu n'es qu'une allumette ! »

Jeanne. — On parle bien d'allumeuse... C'est la même idée.

Régine. — Tous ces « artifices » de la séduction, n'est-ce pas un piège que nous tendent les hommes et dans lequel nous tombons, une façon d'accepter les clichés masculins ?

JEANNE : POUR MOI, LE PRINCE CHARMANT SENTAIT BON...

RÉGINE : MON TYPE D'HOMME ? JEAN GABIN, ROBERT MITCHUM

Jeanne. — Vous savez comme moi que la plupart des femmes portent des sous-vêtements pour le plaisir d'avoir sur la peau quelque chose de joli, de doux.

Régine. — Elles les portent pour elles, en effet, pour le plaisir de mettre en valeur leurs jambes, leurs seins.

Jeanne. — Je crois que, même au fin fond d'un désert, je continuerais à me maquiller. Je me maquille pour moi-même, pour valoriser ce que la nature m'a donné. Le fait de s'habiller, d'être belle, propre, c'est aussi ce qu'on appelait autrefois le respect de soi. Ce n'est pas un trait spécifiquement féminin. Les hommes aussi peuvent être très attentifs à leur apparence. J'ai un mari d'une grande coquetterie, sa tenue est toujours très étudiée : les couleurs, par exemple, jouent pour lui un rôle important.

Régine. — Quelle chance vous avez ! Je suis obligée de toujours pousser mes hommes à faire des efforts d'élégance… Que ce soit mon fils ou mon mari, ils n'ont pas le goût des beaux vêtements et, quand ils s'y intéressent, ils les assortissent mal.

Jeanne. — C'est pourtant important qu'un homme soit bien habillé, qu'il sente bon…

Régine. — Les hommes ont tort de croire qu'on les aime débraillés. Un homme qui se promène devant vous en caleçon avec laisser-aller perd la moitié de son pouvoir de séduction… La baronne de Staal a écrit un petit traité qui s'appelle *L'Art du cabinet de toilette* dans lequel elle décrit la façon dont une femme ne devait jamais se présenter devant son mari et dont le mari ne devait jamais se présenter devant sa femme. Éviter de se montrer devant l'homme que l'on aime en peignoir sale avec de la crème plein le visage. C'est la chanson d'Aznavour : « Tu te laisses aller, tu te laisses aller ». C'est valable pour les hommes comme pour les femmes.

Jeanne. — Pour que l'amour dure, il faut éprouver du respect pour l'autre, un respect qui ne passe pas seulement par de grands principes mais qui se manifeste dans les petites choses de la vie quotidienne. Je ne peux pas imaginer l'homme idéal couvert de pellicules ou l'haleine chargée…

Régine. — Pour vous, le prince charmant sentait bon…

Jeanne. — Absolument ! Pour moi, l'homme idéal est un homme séduisant, bien entendu, mais aussi tendre, attentif, soucieux de m'entourer à la fois de protection, d'amour, de sensibilité. Une attention constante est peut-être sa qualité la plus grande. Et pour vous, Régine ?

Régine. — Adolescente, j'aurais aimé avoir quelqu'un qui me soutienne, une espèce de force. Pour me sentir peut-être plus en sécurité. Mon type d'homme, c'était Gabin dans certains rôles de cheminot, de routier…

Jeanne. — Un aventurier ?

Régine. — Ah ça ! les aventuriers font rêver, mais on n'en rencontre pas souvent. Je ne sais pas où ils sont… Quand j'ai fait mes recherches à propos de l'Indochine, j'en rencontrais à la pelle, et je me disais : « À dix ans près, je les ai ratés… »

Jeanne. — La différence entre les mots « aventurier » et « aventurière » m'a toujours frappée. C'est très révélateur de la misogynie. L'aventurière est une femme de mauvaise vie, alors que l'aventurier est un homme séduisant. L'aventurière est une dévoreuse d'hommes, l'aventurier est un chef, un meneur d'hommes.

Régine. — L'aventurier va au-devant de ses rêves, recherche le danger, le dépaysement… tandis qu'une aventurière ira peut-être au-devant de ses rêves mais en se servant des hommes.

Jeanne. — Revenons à notre prince charmant qui sent bon… L'avez-vous trouvé ?

Régine. — Oui et non. On a toutes chanté au moins une fois : « Un jour, mon prince viendra », et on est tombées amoureuses d'hommes qui n'étaient pas des princes charmants… C'est-à-dire pas ceux auxquels on aurait pensé d'emblée.

Jeanne. — On compose avec la réalité. Quand j'étais jeune fille, j'étais amoureuse de Pierre Richard- Willm. C'était un bel acteur. Dans mon imagination, il est resté un peu comme une référence masculine. Peut-être aussi parce qu'il ressemblait à mon père.

Régine. — Il y a un joli mot de Dominique Aury, alias Pauline Réage, l'auteur d'*Histoire d'O*, que j'ai mis en exergue d'un de mes livres : « Ce qu'il y a de plus irrésistible chez une femme, c'est un cœur fidèle, un corps facile et un constant péril. » Pour les hommes, c'est pareil.

JEANNE : QUAND LE VOLCAN DEVIENT TENDRESSE… RÉGINE : L'AMOUR ? UN POT DE FLEURS QUI TOMBE DU SIXIÈME ÉTAGE

Jeanne. — Un cœur fidèle mais dont on n'est pas toujours sûre.

Régine. — Les certitudes tuent l'amour, comme le quotidien. Ne me faites pas parler du quotidien, je hurle… « Étonne-moi, surprends-moi ! » Une des meilleures façons de préserver l'amour, c'est de ne pas vivre avec la personne qu'on aime.

L'amour, c'est comme un pot de fleurs qui vous tombe sur la tête depuis le sixième étage…

Jeanne. — Votre définition me fait plutôt penser à la passion. La passion et l'amour, ce sont deux choses différentes, même si, au départ, ça se mélange.

Régine. — Surtout chez les femmes, car les femmes ont tendance à confondre, ou à vouloir confondre, l'attirance sexuelle, c'est-à-dire la passion, et l'amour.

Jeanne. — Je pense à Héloïse, qui vécut au début du XIIe siècle. Une femme qui n'était que passion, une torche. Elle n'a même pas eu l'envie d'élever son enfant. Elle a eu un fils d'Abélard et elle ne s'en est jamais occupée. Elle n'aimait qu'Abélard. Elle a accepté de se cloîtrer jusqu'à la fin de ses jours par fidélité à Abélard. Comme vous le savez, il avait été castré par un des oncles d'Héloïse. Ils ont donc vécu séparés, mais elle a gardé pour lui, jusqu'à sa mort, un amour passionné et intact. C'est fou et sublime.

Régine. — C'est ce qu'on doit appeler en psychanalyse une fixation, c'est terrible.

Jeanne. — Par définition, la passion ne peut conduire qu'à des catastrophes. Et, par définition, elle ne peut donc pas durer. Mais son côté « feu de paille » peut éclairer toute une vie.

Régine. — Le seul moyen de maintenir cet état de passion, c'est d'aller de plus en plus loin, jusque dans les excès de tous ordres, si bien décrits par notre Divin Marquis.

Jeanne. — Dans le cas de Sade, la passion me paraît morbide. Je préfère la passion généreuse. Je crois qu'on la ressent tous au départ d'une histoire d'amour, cette explosion.

Régine. — Croyez-vous que tout le monde connaît la passion ?

Jeanne. — Les femmes, sûrement.

Régine. — Je crois qu'il y a des femmes sans passion, qui ont un désir d'amour-tendresse, mais pas de passion… La passion entraîne un tel désordre…

Jeanne. — Mais quel beau parcours quand ce volcan devient tendresse !

Régine. — Ce n'est pas toujours le cas. La passion peut aussi se transformer en haine ! Amour et désamour peuvent être très voisins l'un de l'autre. De toute façon, on ne sort pas indemne d'une histoire passionnelle et passionnée.

Jeanne. — La passion est trop brutale, instantanée, ravageuse pour vivre longtemps. L'amour, c'est le désir de se réveiller heureux auprès de l'autre, de faire des enfants, de construire une vie ensemble, dans le respect de l'autre. Il n'y a de vie réussie que par cette union réussie.

Régine. — Il est troublant de constater qu'à notre époque, où le corps a été montré, glorifié, il est nié par les nouvelles technologies. L'utilisation du sexe est nié. Le nombre de gens qui ont des relations passionnées par le biais du Minitel ou d'Internet est énorme. Une sorte de sexualité virtuelle est en train de se développer.

Jeanne. — J'ai du mal à concevoir une passion sans amour physique ! Est-ce aussi vrai pour les hommes que pour les femmes ?

Régine. — Oui. Et les femmes feraient preuve d'audaces virtuelles dont elles sembleraient incapables dans la réalité.

JEANNE : JE SUIS NÉE FIDÈLE
RÉGINE : LA JALOUSIE, C'EST L'ENFER

Jeanne. — Nous parlions tout à l'heure du respect mutuel que je place très haut dans les valeurs du couple. Cela implique une chose dont nous n'avons pas parlé : la fidélité. Pour moi, elle est essentielle.

Régine. — Pour vous, l'infidélité est un manque de respect ?

Jeanne. — Dans une certaine mesure, une aventure est une façon de gommer l'autre, de gommer la femme ou le mari.

Régine. — Peut-être a-t-on envie de le gommer de temps en temps ? Je ne sais pas… Je serais moins catégorique que vous.

Jeanne. — Je me suis mariée à vingt ans et, à ce moment-là, je me suis dit : j'aurai des aventures plus tard — j'ai toujours été très romanesque. Et mon amour pour mon mari était si fort, si puissant, que je n'en ai jamais eu envie.

Régine. — S'il vous avait trompée, lui seriez-vous restée fidèle néanmoins ?

Jeanne. — Je crois que j'aurais été très jalouse.

Régine. — Pour ma part, je ne suis pas très cohérente : si j'ai une aventure, ce n'est pas très important, mais, si mon partenaire en a une, ça le devient ! D'une certaine façon, j'envie votre idée de la fidélité, mais je n'ai pas du tout cette conception des choses. Quand j'étais enfant, s'il y avait un cerisier dans le jardin des voisins, j'escaladais le mur pour aller manger les cerises. Et si je voyais un beau garçon qui me faisait la cour, je n'étais pas farouche.

Jeanne. — Je suis née fidèle. C'est spontané, naturel. En fait, je n'ai aucun mérite.

Régine. — N'avez-vous jamais eu de regrets, malgré tout, d'avoir vécu une vie unique ?

Jeanne. — Forcément, j'ai frôlé des situations, des relations dont je me suis dit qu'elles auraient pu être « pas mal ».

Mais c'en est resté là. La tentation existe toujours. La fidélité, c'est une nature et une volonté. Je veux dire par là que je suis fidèle aussi bien en amitié qu'en amour, que vis-à-vis de mes enfants. Si j'avais été infidèle à mon mari, j'aurais eu honte devant mes enfants.

Régine. — La fidélité comprend donc aussi pour vous une notion de responsabilité ?

Vous disiez que vous auriez été « terriblement jalouse », mais la jalousie, c'est l'enfer. Cela peut aller jusqu'à des pulsions de meurtre.

Jeanne. — Je serais certainement devenue très dure, très agressive.

Régine. — Auriez-vous divorcé ?

Jeanne. — Non… Je ne crois pas. Mais je me serais rendue insupportable.

Régine. — Vous lui auriez rendu la pareille ?

Jeanne. — Ce n'est pas impossible…

Régine. — Je ne suis pas d'une jalousie morbide, mais je ne supporte pas le regard de l'homme aimé sur une autre femme ; pas le regard « Tiens, elle est mignonne celle-là » mais le regard intéressé. Moi-même étant assez voyeuse…

Jeanne. — Qu'entendez-vous par là ? Moi, j'adore regarder les amoureux, je les trouve toujours mignons ! Mais je ne me sens pas voyeuse. Je les regarde par amusement ou sympathie.

Régine. — Moi aussi. Je trouve ça très joli, les amoureux ! Par voyeur, je n'entendais pas un voyeurisme sexuel. Le voyeur, tel que je le conçois, aime regarder les autres, les petits incidents de la rue… Tout à l'heure, je regardais une jeune fille qui traversait le pont de l'Alma. Elle portait de grosses chaussures, un sac à dos, rien de particulièrement seyant, mais elle avait une jupe très longue et très légère, et, pour traverser, elle a soulevé sa jupette fleurie, et elle courait. Ce n'était rien du tout. Il y avait un motard à côté de moi ; on s'est jeté un coup d'œil et on s'est souri : on avait apprécié tous deux la joliesse du geste !

JEANNE : LA FEMME EST ATTIRÉE PAR L'IRRATIONNEL PLUS QUE L'HOMME
RÉGINE : L'ÉPOQUE DU ROMANTISME EST DOMINÉE PAR L'IRRATIONNEL MASCULIN

Jeanne. — Ne vous semble-t-il pas que les femmes sont plus irrationnelles et les hommes plus enclins à raisonner, plus scientifiques, plus logiques ? En fait, la différence psychologique la plus nette entre les hommes et les femmes touche le rationnel et l'irrationnel.

Régine. — De par leur éducation ?

Jeanne. — Sans doute, mais peut-être y a-t-il quand même chez la femme une pente naturelle vers l'imaginaire plus marquée que chez l'homme. La femme est plus sensible, plus romanesque...

Régine. — J'ai envie de me faire l'avocat du diable. Vous dites que la femme est plus romantique. Or la grande période du romantisme en littérature est dominée par l'irrationnel masculin. Le romantisme est surtout une littérature masculine. Regardez Pétrus Borel, les premiers livres de Victor Hugo, Villiers de L'Isle-Adam, Lamartine, Balzac, Théophile Gautier...

Jeanne. — Si les romantiques ont été en grande majorité des hommes, c'est uniquement parce que la majorité des écrivains du XIXe siècle étaient des hommes, les femmes n'ayant pas alors, sauf exception, une éducation leur permettant de le devenir. Je continue néanmoins à croire que la femme a un penchant plus marqué pour l'irrationnel.

RÉGINE : IL N'Y A PAS D'ÉCRITURE FÉMININE

JEANNE : LES EXEMPLES D'ÉCRIVAINS FEMMES MÉCONNUS NE MANQUENT PAS

Régine. — Une chose m'intrigue depuis longtemps : à la fin du XVIIIe siècle, les femmes étaient les écrivains les plus lus, les auteurs des romans noirs, gothiques, parmi les plus connus. Je pense aux *Mystères d'Udolphe* d'Ann Radcliffe, par exemple. Mme Cottin dont Chateaubriand a été si jaloux ! Mme de Staël...

Jeanne. — L'imagination débordante des femmes est la base du roman noir.

Régine. — Déjà, au XVIe siècle, le premier roman, *Les Angoisses douloureuses qui procèdent d'amours,* est écrit par une femme, Hélisenne de Crenne. Y a-t-il pour autant une littérature féminine ? Je dirais en tout cas qu'il n'y a pas d'écriture féminine. Les femmes n'écrivent pas différemment des hommes. Les romans à l'eau de rose ne sont pas une littérature féminine, c'est une littérature faite pour l'idée que certains se font des femmes. Comme sont faits les feuilletons pour les ménagères à la télévision. Dans cette seconde moitié du XXe siècle, on a assisté à une arrivée massive des femmes en littérature.

Jeanne. — La violence et même une certaine cruauté de la littérature féminine me frappent. C'est le cas de *Truismes*, de Marie Darrieussecq.

C'était le cas des livres de Christiane Rochefort, il y a quelques années. Un grand nombre d'écrivains féminins me semblent avoir une grande force dans leurs écrits. On pourrait citer Marguerite Yourcenar ou Zoé Oldenbourg, qui n'a pas la place qu'elle mérite dans l'histoire de la littérature. Les exemples d'écrivains femmes importants et méconnus ne manqueraient d'ailleurs pas… Vous sentez-vous plus proche des écrivains femmes ?

Régine. — Lorsque j'achète un livre, je ne regarde pas s'il est signé par un homme ou par une femme.

Jeanne. — À la lecture d'un livre, on ne peut presque jamais dire s'il s'agit de l'œuvre d'un homme ou d'une femme. Sauf lorsque les hommes décrivent leurs personnages féminins avec condescendance, ce qui arrive souvent. Regardez Sacha Guitry !

Régine. — A contrario, voyez la façon très tendre dont Flaubert traite Madame Bovary. Il donne peut-être une image sombre d'une coquette de province, mais il raconte aussi les aspirations de cette femme. Emma ne se contente pas de ce quelle a, elle rêve sa vie.

Jeanne. — Mais ses rêves ont un côté un peu fleur bleue… Ça me gêne.

6

Amitié, amour, mort, vieillesse

RÉGINE : JE N'AI PAS D'AMIS D'ENFANCE
JEANNE : IL NE FAUT PAS IDÉALISER L'AMITIÉ

Régine. — Sainte-Beuve disait que l'amitié entre un homme et une femme n'était possible qu'après qu'il y a eu acte d'amour entre eux. Il appelait ça « planter son clou d'or ».

Jeanne. — L'expression de Sainte-Beuve me rappelle un poème de Lorca : « Je voudrais être avec vous comme sont les pieds de Jésus, l'un dessous, l'autre dessus ; entre les deux, un petit clou. »

Régine. — C'est très joli !… Vous avez des amis hommes, Jeanne ?

Jeanne. — Oui et non… J'ai autour de moi des hommes pour lesquels j'ai de la sympathie, mais je ne partage pas avec eux la même complicité qu'avec une femme.

Régine. — Quelle est, selon vous, la différence ? Même entre deux femmes, dans l'amitié, il entre une part de séduction…

Jeanne. — Dans les deux cas, il y a de la séduction, oui. Dans les deux cas, on cherche surtout quelqu'un sur qui l'on peut compter totalement. Pour toutes les questions de la vie courante ou les sujets intellectuels, on peut avoir des amis hommes comme des amies femmes. Mais, lorsqu'on entre dans l'intimité, je crois que seule l'amitié féminine est possible.

Régine. — Un véritable ami, c'est quelqu'un qu'on peut appeler à n'importe quelle heure du jour ou de la nuit. C'est pouvoir compter sur lui quoi qu'il arrive. Je n'ai pas d'amis d'enfance…

Jeanne. — Ce n'est pas la même chose. Avec les amis d'enfance, on se connaît tellement bien que tout va de soi ; on n'a presque pas besoin de parler. Avec les amis plus récents, il faut faire plus d'efforts. L'adulte se protège tant que découvrir la vraie personne sous la panoplie sociale prend du temps.

Régine. — Croyez-vous ? J'ai connu ma meilleure amie lorsque nous avions l'une et l'autre la trentaine et nous pouvons très bien rester sans parler. On se regarde et on se comprend.

Jeanne. — Trente ans, c'est encore jeune ! De plus, contrairement à ce qu'on dit, je ne crois pas qu'il faille absolument être de la même génération pour être amis. Je trouve même nécessaire d'avoir des amis plus jeunes que soi.

Régine. — Une amitié (ou un amour) se termine quand l'un ou l'autre se met à parler uniquement de ses enfants ! Ils sont des tue-l'amitié et des tue-l'amour ! Quand tout tourne autour de ce sujet, je fuis. Je sens que c'est fini.

Jeanne. — Il ne faut pas idéaliser l'amitié. On ne peut pas tout dire à un ami. On a tous une part secrète qu'il est indispensable de sauvegarder.

Régine. — On a tous une part d'ombre, mais vous passez d'un extrême à l'autre : entre tout dire et ne parler que d'une chose… Bien sûr, on sent chez l'ami des choses qu'on ne sait pas. En amitié aussi le non-dit fonctionne.

Jeanne. — On peut garder un ami sans le voir, ni même lui parler, pendant des années ! C'est presque la définition de l'amitié. Vous vous retrouvez et vous recommencez la conversation là où vous l'aviez laissée, quel que soit le temps écoulé. C'est pour cela que l'amitié est l'un des sentiments les plus précieux.

JEANNE : PYGMALION OU LE MYTHE DE L'HOMME MAÎTRE DU JEU
RÉGINE : CE N'EST PAS UN RÔLE QUE J'AURAIS AIMÉ JOUER

Jeanne. — Dans l'histoire des relations entre hommes et femmes, il y a tout de même le mythe de Pygmalion. Un thème totalement masculin !

Régine. — Pour moi, Pygmalion est un homme qui utilise l'amour d'une femme, pour la former, non à l'image qu'il s'en fait, mais pour qu'elle devienne elle-même. C'est très différent ! Il y a une notion de générosité.

Jeanne. — C'est tout de même toujours pour la femme une façon d'être mise sous le boisseau. L'homme remodèle toujours la femme à son idée.

Régine. — Prenons l'exemple de Willy et Colette. Willy a forcé Colette à écrire. N'est-ce pas une manière de tirer d'une personne — on dit une femme, mais je pense que cela pourrait être un homme, tout au moins un jeune homme — ce qu'elle a en elle de meilleur ? On ne sait pas toujours soi-même ce que l'on vaut, de quoi l'on est capable.

Jeanne. — Vous rendez-vous compte des qualités qu'il faut à un Pygmalion pour que cette relation soit positive ? Willy et Colette sont un exemple exceptionnel. Elle est devenue beaucoup plus célèbre que lui, mais cela ne change rien au fait que c'est lui qui l'a amenée à écrire. C'est aussi lui qui l'a poussée dans le libertinage, alors qu'elle n'y était peut-être pas prédisposée. Quoique…

Régine. — … Quoique les histoires de Claudine, soufflées par Willy, racontent quand même l'adolescence de Colette. Elle avait déjà « l'œil pointu », comme on dit dans mon Poitou — toute bourguignonne qu'elle était…

Jeanne. — Je maintiens que le mythe de Pygmalion est très symptomatique de l'action que l'homme voudrait avoir sur la femme. L'homme souhaite rester le maître du jeu.

Régine. — On peut trouver l'inverse : dans *Le Blé en herbe*, la femme est l'initiatrice.

Jeanne. — Pygmalion est plus qu'un initiateur, il fait de l'autre sa chose. Il lui retire sa liberté pour la modeler selon ses goûts à lui. C'est ce qu'on appelle l'aliénation.

Régine. — On a longtemps dit que Jean-Jacques Pauvert avait été mon Pygmalion, c'est pour cela que cette conversation me fait sourire. Pauvert m'a beaucoup appris dans un domaine qui était déjà mon univers de prédilection : les livres. Il m'a fait vivre dans une ambiance de culture, de littérature. À son contact, j'ai gagné du temps.

Jeanne. — Il doit en être très fier, j'imagine. Mais il me semble que, dans cette relation de maître à élève, si l'élève dépasse le maître, l'aigreur risque de l'emporter et de détruire le rapport existant.

Régine. — Pourtant, Pygmalion devrait tout tenter pour amener son élève à le dépasser. Je me souviens que Jean-Jacques m'avait dit : « Je vous élève pour quelqu'un d'autre. » Je lui en avais voulu… Mais je lui rends hommage, car il n'a pas tenté de me modeler.

Jeanne. — Avez-vous joué le rôle de Pygmalion dans votre vie ?

Régine. — Peut-être du temps où j'ai été éditrice. Il est évident que j'ai aidé quelques jeunes auteurs à mieux faire venir leurs livres. Je pense à Hervé Guibert notamment. Mais Pygmalion n'est pas un rôle que j'aurais aimé jouer.

JEANNE : QUE DES ADULTES PUISSENT DÉFLORER DES ENFANTS ? L'HORREUR !

RÉGINE : L'ÉROTISME A ÉTÉ IMPORTANT POUR MOI AVANT MÊME QUE JE CONNAISSE CE MOT

Jeanne. — Les femmes sont capables de jouer certains rôles, comme celui de Pygmalion, mais ne souhaitent pas les jouer. Il y a sans doute le poids de la société. Par exemple, on trouve normal qu'un homme âgé épouse une fille jeune, mais pas l'inverse. Une femme abandonnée à quarante ou cinquante ans peut difficilement refaire sa vie…

Régine. — Les couples où la femme est plus âgée que l'homme sont encore rares, mais on en parle de plus en plus. Je suis dans ce cas.

Jeanne. — J'ai participé à une émission de radio sur ce sujet. Les femmes interrogées disaient que, pour sauvegarder leur union, elles étaient obligées de se donner beaucoup plus de mal que si elles avaient été du même âge que leur mari.

Régine. — C'est leur opinion, pas la mienne. Bien sûr, les hommes vieillissent moins vite que les femmes. Mais ils meurent plus tôt ! Chaque fois que je dis à mon mari — il a quatorze ans de moins que moi — qu'il vieillit bien, il me répond : « Mais vous vivrez plus longtemps… » Et Claire Bretécher, qui a aussi un compagnon plus jeune, a eu cette réflexion : « Pfff ! Ce n'est pas la peine de les choisir jeunes, ils sont vieux avant l'âge ! »

Jeanne. — Nous parlions de Pygmalion et je pense tout à coup, même si ce n'est pas le même sujet, à *Lolita* de Vladimir Nabokov. Ce livre vous a-t-il marquée ?

Régine. — Je l'ai lu au moment de sa parution et je trouve qu'on l'a accueilli à l'époque avec une immense complaisance. Je ne suis pas sûre qu'il en serait de même aujourd'hui. On a lu ce livre sans même se rendre compte de ce qu'il y avait dedans. Cela dit, il ne s'agissait pas d'une petite fille…

Jeanne. — Lolita est une nymphette… Qu'un homme soit troublé par une jeune adolescente qui fait tout pour ça, c'est compréhensible. Régine, je vais vous avouer quelque chose. L'autre jour, je suis tombée sur un passage de *Blanche et Lucie* qui m'a terriblement gênée : « J'ai longtemps regretté, écrivez-vous, que les mœurs interdisent les rapports sexuels entre les petites filles et les hommes, et je suis sûre que l'enfance se passerait mieux si l'on faisait l'amour aux petites filles. »

Régine. — On m'a beaucoup reproché cette phrase, mon mari m'en parle encore, mais, au moment où je l'ai écrite, j'avais très présent à l'esprit, et dans le corps, ce désir enfantin. Il ne faut pas généraliser, mais j'ai l'impression que, en ce qui me concerne, éveillée comme je l'étais, une telle relation m'aurait été plutôt bénéfique. Un homme m'aurait prise dans ses bras, m'aurait caressée, m'aurait initiée à la volupté… Je crois vraiment que j'aurais trouvé ça merveilleux.

Jeanne. — Dieu sait si j'ai toujours eu une sensualité très forte, et je suis persuadée qu'il n'y a rien de plus beau que l'amour sur terre. Mais je ne vous suis pas : pour moi, il est bon que les adultes soient dans leur coin, les enfants dans le leur. L'idée même que des adultes puissent déflorer des enfants…

Régine. — Je ne parle pas de leur faire violence ! Que des adultes se servent de ces natures enfantines ayant des pulsions très fortes pour faire pression sur elles, je suis absolument contre ! C'est très différent quand l'enfant lui-même, comme Lolita, va au-devant des caresses, provoque un malheureux bonhomme qui n'en peut mais… En ce qui me concerne, l'érotisme a été important pour moi avant même que j'en connaisse le mot.

Jeanne. — Je parlerais plutôt de sensualité.

Régine. — Ce n'est pas la même chose. Vous et moi, nous sommes sensuelles. La sensualité est naturelle. Mais l'érotisme, c'est une sorte de science de l'amour, une connaissance, une recherche.

Jeanne. — La sensualité est en effet très simple. C'est le toucher, ce sont les odeurs. L'érotisme pour moi est une complication un peu perverse des relations amoureuses.

Régine. — C'est une recherche de plus grande complicité avec le partenaire. Ça ne doit pas être compliqué. C'est pour cela que l'érotisme chez Sade me semble souvent très risible, puéril. Cependant Sade est un cas à part. Il est la subversion même. Je ne peux pas dire que j'aime vraiment ses livres, il me dérange énormément, mais il a dominé tout le XIXe siècle et une partie du XXe. Même quand ses œuvres étaient interdites, on le lisait : Victor Hugo, Dumas, Gautier, Flaubert… Ils l'ont dit dans leurs correspondances. C'est un auteur majeur.

Jeanne. — Quelles que soient ses qualités littéraires, je reprocherai toujours à Sade de traiter la femme comme un objet et d'avoir une sorte de culte de la souffrance et de l'humiliation.

Régine. — Le sadisme, c'est la destruction de l'autre pour en obtenir de la jouissance. Une idée gênante. Mais Sade est quand même un des premiers esprits vraiment libres. Il a mis cette liberté au service d'une subversion que nous ne pouvons pas accepter, nous les femmes, parce que nous en sommes les victimes. En dehors de ça, ses idées sur la société de son temps peuvent encore être méditées…

JEANNE : L'ÉROTISME, C'EST UNE CÉRÉBRALITÉ DE L'AMOUR
RÉGINE : L'ÉROTISME N'EST PAS LA PERVERSION

Jeanne. — Vous venez de dire que l'érotisme ne doit pas être compliqué. Comment pourrait-il être simple ?

Régine. — Pour moi, c'est une des composantes de la vie.

Jeanne. — C'est une sorte de cérébralité de l'amour, on passe par l'intellect pour compliquer les relations amoureuses.

Régine. — Et les aboutissements, heureusement, sont concrets. Sinon on s'ennuierait ! C'est vrai qu'un érotisme qui serait purement fantasmatique… Je veux dire que, si on a des fantasmes, il faut les réaliser. Si, bien sûr, ce ne sont pas des fantasmes morbides qui consistent à découper son partenaire en morceaux… Quoique *L'Empire des sens* m'ait fascinée. C'est un film magnifique sur la dévoration de l'autre.

Jeanne. — Vous dites qu'il faut réaliser ses fantasmes. Ne croyez-vous pas qu'il est encore plus important de les maîtriser ?

Régine. — L'érotisme n'est pas la perversion.

Jeanne. — La perversité, c'est faire du mal à l'autre, ou à soi. On ne peut que la rejeter a priori. Le fantasme, je l'admets, est un élément important de la sexualité. Mais croyez-vous que les hommes et les femmes aient les mêmes fantasmes ? Le fantasme du harem peut-il être un fantasme féminin ?

Régine. — Un jour, ma mère m'a dit — je l'ai regardée comme si elle avait proféré une obscénité sans nom : « Il faut au moins deux hommes pour contenter une femme. » Une femme qui n'a jamais eu d'amants ! Pour ma part, je préfère les hommes un par un.

Mais, sérieusement, je pense que les hommes et les femmes ont pratiquement les mêmes fantasmes. Je le dis après avoir beaucoup discuté du sujet avec des hommes et après avoir reçu leurs confidences, ô combien, lorsque j'étais éditeur. Plus que les fantasmes, c'est le comportement sexuel qui diffère entre les hommes et les femmes. De par la nature même du sexe masculin, la sexualité masculine est une sexualité triomphante. Regardez la facilité avec laquelle les homosexuels se draguent dans les jardins publics. Vous ne verrez jamais des femmes faire ça entre elles.

JEANNE : JE RESSENS L'HOMOSEXUALITÉ COMME QUELQUE CHOSE DE TRISTE
RÉGINE : AVOIR UN FILS HOMOSEXUEL M'AURAIT TROUBLÉE

Jeanne. — Que pensez-vous de l'homosexualité masculine ?

Régine. — Rien de particulier… Je trouve ridicule que les homosexuels veuillent se marier. Je suis déjà contre le mariage hétérosexuel, alors que des gens qui peuvent être vraiment libres tiennent à se passer la bague au doigt ! Je trouve ça stupide. Sauf pour des histoires d'héritage. Ce sont des cas malheureusement fréquents actuellement, à cause du sida.

Jeanne. — Le sida a bouleversé la fin du siècle.

Régine. — Non, je ne le pense pas.

Jeanne. — Le sida a changé le comportement sexuel !

Régine. — Hélas, non, on le sait maintenant par les médecins. Au début, les gens prenaient davantage de précautions, mais la crainte s'affaiblit. Le croque-mitaine ne fait plus peur. Chez les jeunes, oui, le sida a changé le comportement amoureux.

Jeanne. — Les jeunes sont devenus plus fidèles.

Régine. — Ce qui n'est pas fait pour vous déplaire… Et vous, Jeanne, que pensez-vous de l'homosexualité ?

Jeanne. — Je n'ai jamais entretenu de relations homosexuelles. Mais je peux comprendre que certaines femmes soient attirées par d'autres femmes.

Régine. — Et l'homosexualité masculine ?

Jeanne. — J'avoue que l'acte en lui-même me répugne un peu…

Régine. — Vous êtes mignonne… Quand on voit des couples d'amants, hommes, quelquefois des couples très vieux, qui vivent ensemble une longue histoire d'amour, c'est très touchant. Moi, ça me touche.

Jeanne. — Bien sûr, parce que le sentiment amoureux est le même !

Régine. — On est enfin dans une société où il est facile pour un garçon ou une fille ayant des envies différentes de pouvoir les exprimer sans que la société les rejette. La société pèse encore de tout son poids sur certains hommes et certaines femmes, même si la tolérance est plus grande, du moins en certains lieux. Être homosexuel n'a rien d'une déviation, c'est une attirance naturelle. Souvent, un homosexuel, homme ou femme, tente d'avoir une expérience avec le sexe opposé. Mais cela ne lui convient pas ; c'est tout.

Jeanne. — Quand mes fils étaient jeunes, je redoutais que l'un d'eux ne devienne homosexuel.

Cela m'aurait peinée. Je les poussais vers les femmes, je leur faisais remarquer leur beauté, leur élégance... Je ressens l'homosexualité comme quelque chose de triste, comme la fin d'une longue lignée d'hommes et de femmes qui ont créé un individu incapable de se reproduire. Si mon mari s'était révélé homosexuel, cela m'aurait révulsée.

Régine. — Moi, je l'aurais viré, mais pas pour son homosexualité, parce qu'il m'aurait trompée. Qu'on me trompe avec un homme ou avec une femme, c'est la même chose.

Si mon fils s'était intéressé aux garçons, je ne pense pas que cela m'aurait gênée. Comme vous, j'y ai pensé quand il était enfant. Avoir un fils homosexuel m'aurait troublée, je ne vous le cache pas. Un trouble dû au fait que c'est une forme de sexualité que je ne peux pas connaître.

Jeanne. — Et si vous aviez eu une fille homosexuelle ?

Régine. — Les femmes sont plus naturellement bisexuelles que les hommes. Dans un hammam, elles ont des comportements caressants les unes envers les autres, elles se frôlent, c'est naturel.

JEANNE : LES VIOLEURS DEVRAIENT ÊTRE CASTRÉS
RÉGINE : IL FAUDRAIT LES TUER

Jeanne. — Naturel, oui, mais pas pour autant plus facile à accepter pour le mari ou le compagnon ! La nature n'est pas toujours bonne conseillère. Il faut s'en méfier. Ou au moins la dompter.

Songez à ces violeurs qui invoquent la nature... Pour une femme, le viol, c'est la peur absolue.

Régine. — Le viol, c'est la mort...

Jeanne. — L'humiliation absolue. Il n'y a rien de pire.

Régine. — Cet abus de la force, cette utilisation de la peur, je ne comprends pas. Pourtant, je me suis intéressée de très près à l'imaginaire sexuel, beaucoup de femmes ont le fantasme du viol. Mais, sur le plan du fantasme, c'est très différent.

Jeanne. — Ce n'est qu'une façon de jouer avec sa peur, pour en tirer une excitation sexuelle.

Régine. — Entre fantasmer le viol et le subir, il y a un abîme. Le viol est irrémédiablement condamnable. Il faudrait tuer les violeurs.

Jeanne. — Ils devraient être castrés, médicalement. Qu'il s'agisse de viol sur des femmes ou des enfants.

Régine. — Tout viol est inacceptable. Quand on voit le nombre de jeunes filles dont on s'aperçoit des années plus tard, parce que la parole est un peu plus libre, qu'elles ont été violées par leur père, c'est épouvantable. Dans ce cas, il y a même double viol. Un viol physique et un viol affectif à la fois ! Qu'un père utilise l'amour que sa fille lui porte normalement et l'autorité qu'il a sur elle pour passer des câlins à ce dérapage, je trouve ça insupportable. Même si les petites filles parfois sont très provocantes, quand c'est le père qui dérape, c'est pire que tout.

Jeanne. — Abuser de l'enfant, c'est le marquer psychologiquement à vie. Le père impose une souffrance à la fois physique et morale à l'enfant qui est si destructrice que celui-ci ne pourra généralement pas s'en remettre.

Régine. — En général le père n'en est pas conscient, c'est l'instinct du propriétaire qui joue : le père se sent propriétaire.

JEANNE : LA PSYCHANALYSE LOBOTOMISE PLUS QU'ELLE NE LIBÈRE
RÉGINE : POUR MOI, LA CONFESSION EST UNE ESCROQUERIE

Jeanne. — Que pensez-vous de la psychanalyse ? C'est une méthode qui devrait permettre de traiter les déviations sexuelles. Toutefois je m'en méfie beaucoup. Je suis même plutôt contre.

Régine. — Je ne dirais pas que je suis contre la psychanalyse, mais j'y suis hostile : elle a fait, elle fait, beaucoup de dégâts. Mais il y a des cas où elle est nécessaire. Certains ne semblent guère pouvoir sortir de l'enfermement sans passer par elle. La psychanalyse, ce n'est en fait que la parole, qu'un échange avec un autre.

Jeanne. — Vous parlez de la cure psychanalytique, mais la théorie même de Freud ?

Régine. — Quand on connaît la vie de Freud et ses problèmes, on se dit qu'il n'était pas bien dans sa peau lui non plus… Ça me gêne aussi de savoir que des gens suivent une thérapie avec certains psychanalystes que je connais. J'ai envie de leur dire : « Allez-vous-en, allez-vous-en vite ! »

Jeanne. — La psychanalyse a souvent l'effet exactement inverse de ce qu'on souhaite. Elle lobotomise plus qu'elle ne libère. Elle gomme les difficultés plus qu'elle ne rééquilibre.

Régine. — Il y a des gens perturbés avant l'analyse, qui précisément n'ont pas cet équilibre !

Jeanne. — La psychanalyse les aide-t-elle vraiment ? J'ai l'impression qu'elle fait barboter les gens dans leurs problèmes et ne résout rien. Ils ne s'en sortent pas épanouis.

Régine. — J'ai des amis qui ont été en analyse pendant des années, ou qui le sont encore, et qui disent que, sans cette démarche, ils n'auraient pas pu vivre. Donc, je respecte ça.

Jeanne. — Je pense qu'ils se racontent des histoires. S'ils avaient fait appel à leur bon sens ou à des amis…

Régine. — Mais quand, justement, on ne peut pas ? Quand on ne peut pas trouver son bon sens, qu'on n'a plus du tout de repères psychiques…

Jeanne. — Ce dont vous parlez concerne la psychiatrie. Dans des cas moins graves, on peut retrouver confiance en soi grâce à une oreille attentive. La psychanalyse, elle, est un processus cher, lent et contraignant. Je sais que, personnellement, j'aurais eu horreur de ça. À vrai dire, il ne m'est jamais venu à l'idée de consulter un analyste.

Régine. — J'ai eu affaire à un psychanalyste au moment de mon divorce. On m'avait dit que le divorce perturbait les enfants. Donc je suis allée voir un psychanalyste, un grand médecin reconnu par ses pairs. Quand je suis arrivée chez lui, nous nous sommes regardés, et nous nous sommes haïs immédiatement ! En plus, il avait un appartement ! une horreur ! Je lui expose la situation, il me dit deux, trois choses, et il ajoute : « Ne culpabilisez jamais. » Eh bien, c'est le meilleur conseil qu'on m'ait jamais donné ! Il m'a aussi dit que, si je le jugeais nécessaire, je pouvais lui amener mon petit garçon. Et, comme mon fils souffrait beaucoup de ce divorce, il y est allé une ou deux fois par an pendant quatre ou cinq ans. Ça lui a fait du bien. Et moi j'ai appris à connaître cet homme — qui a appris à me connaître.

Jeanne. — Ce fut donc plutôt une bonne expérience ?

Régine. — C'est pour cela que je vous la raconte, j'essaie d'être honnête. Mais je n'ai pas suivi d'analyse, pas plus que mon fils.

Jeanne. — C'était plus une aide psychologique. « Ne culpabilisez jamais » est certainement un bon conseil, que n'importe quel éducateur aurait pu vous donner, d'ailleurs.

Je reconnais qu'il y a dans la psychanalyse des éléments intéressants : la conception de l'inconscient, la description de certains complexes. Le complexe d'Œdipe par exemple, c'est vrai, ça existe. Je dois vous avouer que j'ai parcouru les livres de Freud plus que je ne les ai lus. C'est surtout la psychanalyse comme thérapie qui me hérisse, l'idée de s'en remettre à un autre pour traiter ses propres problèmes…

Régine. — Paradoxalement, ce que vous semblez reprocher à la psychanalyse, c'est ce que vous acceptez dans l'idée de la confession chrétienne !

Jeanne. — La confession chrétienne vous allège, alors que la psychanalyse aggrave les problèmes en appuyant dessus. À force de s'expliquer, on risque de se perdre. La confession, c'est clair, c'est net… Se confesser, c'est avouer ses fautes pour en avoir une claire conscience et prendre son destin en mains.

Régine. — Pour moi, la confession est une grande escroquerie. Vous dites à un prêtre vos péchés, vrais ou supposés, il vous donne l'absolution, vous dites trois Pater, trois Ave…

Jeanne. — Plus maintenant. Il n'y a plus guère de pénitence… Et seule la contrition du pécheur la rend valable. Dieu sonde les reins et les cœurs.

Régine. — Je me souviens, quand j'étais gamine, de gens qui s'intéressaient notoirement aux petits garçons ou troussaient les bonnes. Ils allaient se confesser tous les samedis, communiaient le dimanche matin et recommençaient le dimanche après-midi !

Jeanne. — L'image est outrée mais pas fausse. La confession a souvent été détournée de son but. Si l'on est honnête, on sort de confession comme épuré. Elle n'a de sens, comme je viens de le dire, que si l'on regrette sincèrement ses fautes. C'est en cela qu'elle est difficile. Et pour un croyant, elle est un sacrement.

Régine. — Adolescente, je n'avais qu'une peur, c'était de commettre un péché.

RÉGINE : J'ADOPTE LES SUPERSTITIONS DE TOUS LES PAYS
JEANNE : JE CROIS AU SURNATUREL

Régine. — Êtes-vous superstitieuse ?

Jeanne. — Pas du tout. Je crois beaucoup trop en Dieu pour être superstitieuse. Et vous ?

Régine. — Je joue avec la superstition. J'ai des gris-gris, des porte-bonheur partout dans la maison : du buis bénit aux douze épis de blé, une tête d'ours pour la force… Je porte toujours des pierres bleues, j'offre des objets bleus, j'en ai dans mes poches… J'adopte les superstitions de tous les pays. Le 31 décembre de chaque année, Jeanne, vous devriez porter des dessous rouges : en Italie, ça porte bonheur…

Jeanne. — Le rouge est presque partout la couleur du bonheur. C'est celle du sang, de la vie. En Inde, les femmes se marient en rouge. Moi, je crois au surnaturel, mais c'est tout à fait différent. Je ne crois au surnaturel que dans le sens chrétien, c'est-à-dire que je pense qu'il y a des choses qui dépassent le domaine de la raison et n'appartiennent qu'au domaine de la foi. Je crois à la Providence.

Régine. — Je croirais plutôt aux génies des eaux, aux génies des forêts. Après avoir lu *Le Seigneur des anneaux* de Tolkien, je ne pouvais plus passer devant un arbre sans penser qu'il allait me parler. Pour moi, le surnaturel est là, présent dans la nature d'où il peut surgir.

Jeanne. — C'est ce que disait Ronsard : « Écoute, bûcheron, arrête un peu le bras, ce ne sont pas des bois que tu jettes à bas. » Il pensait qu'il pouvait y avoir des dryades sous l'écorce. Y croyait-il vraiment ? C'était une idée très répandue au XVIe siècle. Et c'est vrai que nous sommes entourés de flux mystérieux, de présences mystérieuses.

Régine. — Pourquoi la pensée chrétienne est-elle hostile à la superstition ?

Jeanne. — Parce que la superstition exprime la peur de l'homme devant les mystères du monde et non sa foi en Dieu. Elle consiste à respecter ou à admirer toutes sortes de charlatans qui fondent leur pouvoir sur l'ignorance et la peur. Le chrétien estime que l'homme est responsable de ses actes et que son destin ne dépend pas du sel qu'il a renversé sur une table ou de l'échelle sous laquelle il est passé.

Je me suis longtemps amusée à faire tourner les tables, à tirer les cartes, à lire dans les lignes de la main. Il y a longtemps que je ne le fais plus et je suis bien décidée à ne jamais recommencer. Mettre le pied dans cet irrationnel-là, troublant mais douteux, peut être une aventure dangereuse.

Régine. — C'est aussi une offense à Dieu ?

Jeanne. — On n'a pas le droit de chercher, peu ou prou, à connaître de Dieu. L'inconnu, l'avenir dépendent de Dieu, pas de nous.

Régine. — Pourquoi donc faisiez-vous tourner les tables ?

Jeanne. — Je voulais retrouver l'âme de mon père.

Régine. — Y êtes-vous parvenue ?

Jeanne. — Une seule fois. Il m'a dit quelque chose de confondant, que son maître à penser était Georges Ohnet, un littérateur totalement oublié !

Régine. — L'auteur du *Maître de forges*, de *La Fille du député*... C'était un homme de gauche. Tout cela m'effraie... Quand j'ai écrit un livre sur les tarots avec une voyante, je n'ai jamais voulu qu'elle me tire les cartes.

Jeanne. — Certaines révélations peuvent vous hanter, pour rien. Il est pourtant connu que l'on ne parle jamais de la mort dans les séances de voyance. Quand on tire les cartes ou que l'on lit les lignes de la main, si l'on voit la mort, on ne le dit jamais, on trouve des périphrases : « Vous risquez d'avoir un problème de santé, vous allez avoir un accident... » À l'époque où je pratiquais ces folies, je me vantais d'avoir prédit à mes amies certaines choses.

Régine. — Mais, sans passer par le biais de la divination, on peut pressentir certaines choses. C'est l'intuition ! J'ai vécu une histoire abominable. Je dînais chez des amis qui avaient un enfant de onze mois. Je vais voir le bambin qui dormait dans la pièce à côté et je me sens très mal, comme si j'avais senti... je ne sais quoi. Trois jours après, l'enfant mourait d'une méningite. Hormis la douleur du décès, que j'ai partagée avec mes amis, cette histoire m'a fait peur.

Vous n'avez pas peur de ces aptitudes de médium ?

Jeanne. — J'étais fascinée par ce que je croyais être un pouvoir. Mais, aujourd'hui, cela m'est pénible. On n'a pas le droit de jouer avec la peur ou la confiance des autres sans savoir soi-même ce que l'on fait.

Régine. — À un moment, j'ai beaucoup fréquenté Raymond Abellio. Il vivait dans l'irrationnel le plus total mais il m'a appris des choses. Je me demandais souvent pourquoi je ne me sentais pas bien dans certains lieux. Il m'expliquait que certains lieux étaient hostiles à l'homme. Ils peuvent être hostiles à la communication, au commerce... Selon les théories d'Abellio, il y a des courants telluriques...

Jeanne. — J'y crois davantage qu'à la voyance. Il y a des endroits positifs et des endroits négatifs.

Régine. — À l'époque où on creusait le trou des Halles, j'allais souvent y traîner toute seule... Je l'ai emmené et je lui ai demandé pourquoi, lorsque j'étais à cet endroit, je n'avais plus peur. Il a regardé autour de lui. On voyait toutes les strates terrestres successives. Et il m'a répondu : « Parce qu'on est sur le sol intouché de Paris. » Un lieu où l'homme avait payé son tribut à la terre — on était en dessous du niveau du charnier des saints Innocents.

Jeanne. — J'ai ressenti la même chose à Byblos, au Liban. On y voit dans la terre les stratifications des différentes civilisations qui se sont développées durant des siècles. C'est fascinant. On a le sentiment que l'histoire humaine est entièrement résumée à cet endroit-là... Plus encore, on a l'impression que ce lieu est fait de la chair, du sang et de l'âme de ceux qui ont vécu là.

Régine. — Vous qui aimez tant la société médiévale, c'était une société qui croyait fortement à l'irrationnel, me semble-t-il... Il y a aussi toutes ces légendes de la culture germanique, ces fées qui nous viennent de l'autre côté du Rhin...

Jeanne. — ... et l'héritage celte... Le monde médiéval était caractérisé par une spiritualité très puissante que le rationalisme nous a fait perdre. Notre société s'est énormément appauvrie. Le monde contemporain a choisi la ligne droite contre la courbe et l'entrelacs, ces lignes et ces motifs si caractéristiques de la civilisation celte, et a perdu ainsi toute une richesse de la pensée, au nom de l'efficacité.

Régine. — C'est l'Église qui a causé en grande partie la destruction des superstitions !

Jeanne. — L'Église catholique a combattu les superstitions, mais elle n'a jamais combattu le surnaturel. Elle a d'ailleurs intégré dans ses rites un grand nombre de coutumes celtes.

Régine. — J'ai consulté une voyante une fois dans ma vie. C'était il y a vingt-cinq, trente ans. J'étais dans une période très noire. La voyante m'a dit : « Appuyez-vous sur ceux qui vous ont précédée. » En colère, je lui ai demandé : « Vous voulez que je demande aux morts de m'aider ? » Elle m'a répondu : « Oui. » Ce n'est pas tombé dans l'oreille d'un sourd. J'ai du mal à croire que l'esprit disparaisse, ou l'âme. Je crois plutôt qu'il rejoint une sorte de vaste espace. Quand j'écris, par exemple, je demande à « mes morts » de me donner un coup de main. Qui sont-ils ? Des écrivains que j'aime... On dit bien : « Aide-toi, le ciel t'aidera » !

Jeanne. — Il m'arrive de demander au Saint-Esprit de m'inspirer et j'ai l'impression que, par moments, il m'éclaire. Je crois à son intervention.

Régine. — Il y a des aides qui nous viennent de l'extérieur, de l'intérieur... C'est aussi une question d'écoute. Écrire, c'est écouter. Écouter en soi, écouter hors soi.

JEANNE : LA DOULEUR DE LA MORT, C'EST L'IDÉE DE CEUX QU'ON LAISSE
RÉGINE : PASSER DE L'AUTRE CÔTÉ, CE SERA UNE SURPRISE

Jeanne. — La mort ne vous fait pas peur ?

Régine. — L'idée de la mort ne m'a jamais fait peur. Je ne sais pas pourquoi. C'est peut-être un manque d'imagination. Autant je trouve injuste la vieillesse, autant la mort me semble, je ne dirais pas souhaitable, mais inscrite dans l'ordre des choses.

Jeanne. — La mort ne me fait pas peur non plus. Étant profondément chrétienne, je crois en la vie éternelle, et je me dis que la félicité est de l'autre côté du miroir.

Régine. — Vous avez de la chance d'être croyante. Pour le bouddhisme, l'idéal est le néant — au bout d'une succession de vies. Mais je ne crois ni à la vie éternelle ni au néant. Je me dis que tout est possible. Ce sera une surprise.

Jeanne. — Pour qu'il y ait surprise, il faut que quelque chose de nous demeure. Sinon, c'est « le néant vaste et noir ».

Régine. — Je me souviens que ma grand-mère paternelle, ma grand-mère paysanne, voulait mourir. Elle trouvait qu'elle était restée trop longtemps sur terre. Quand j'étais petite, elle était déjà assez âgée, elle ne voulait pas que nous, les enfants, nous l'embrassions. Elle disait : « Les vieux, ça sent mauvais. » Je trouvais cette phrase terrible ! Elle ne sentait pas mauvais du tout. Mais elle avait été très jolie, et elle avait dû souffrir de cette dégradation qu'est la vieillesse.

Jeanne. — J'ai vu mourir ma mère, à La Chartre où nous l'avions transportée. Au moment de mourir, le tour de sa bouche est devenu blanc, tout le bas de son visage est devenu blanc, elle a eu une espèce de râle et elle est morte. J'ai vu la vie se retirer d'elle comme la mer de la plage.

Je crois que, quand on est sur le point de mourir, il y a des signes, envoyés pour nous prévenir. On doit comprendre et se préparer. Pour moi, bien sûr, ça signifie communier et remettre mes péchés entre les mains de Celui qui sait.

Il y a tellement de termes pour nommer Dieu :

le Tout-Puissant, le Très-Haut, le Verbe, le Créateur, l'Éternel... Les Juifs ont une expression superbe : « Celui qu'on ne peut pas nommer ».

Régine. — « Celui qu'on ne peut pas nommer »... je veux bien parler avec lui ! Mais se préparer à la mort, pour moi, ce serait mettre mes affaires en ordre. Par exemple, quand j'ouvre mes placards, je me dis : « S'il m'arrivait quelque chose demain, mes pauvres enfants auraient du boulot ! »

Jeanne. — C'est le fameux petit tas de secrets dont parlait Malraux. Pour moi, l'aspect vraiment douloureux de la mort, c'est l'idée de ceux qu'on laisse. N'étant pas du tout douillette, je ne redoute pas la souffrance physique — peut-être à tort — mais quitter ceux qu'on aime...

Régine. — L'idée de ne plus vivre, elle aussi, est une souffrance. La vie est un cadeau fabuleux. On dit qu'on n'a pas peur de la mort, oui, mais l'absence de vie... Je ne sais plus qui a fait graver sur son tombeau « Bis ! ». C'est très joli. C'est aussi la fameuse phrase : « Encore un instant, monsieur le Bourreau ! »

JEANNE : L'IDÉE DU SUICIDE NE ME VIENDRAIT MÊME PAS À L'ESPRIT
RÉGINE : L'EUTHANASIE DEVRAIT ÊTRE TOLÉRÉE

Jeanne. — J'aime encore beaucoup la vie, dans cette période de vieillesse où je suis entrée. Quelque âge qu'on ait, la vie est assez riche pour pouvoir être appréciée. Qu'il y ait autant de suicides, en particulier chez les jeunes, me stupéfie !

Régine. — J'ai moi-même fait une tentative de suicide.

Jeanne. — Vous qui avez un tel goût pour la vie ?

Régine. — Justement. À certains moments, la vie vous piège, vous ne voyez plus d'issue.

Jeanne. — Alors, c'est une fuite. L'idée du suicide ne me viendrait même pas à l'esprit, je crois trop en Dieu.

Régine. — Pourquoi l'idée du suicide n'est-elle pas acceptable pour un chrétien ?

Jeanne. — C'est quitter l'espérance en Dieu. Les chrétiens vivent sur cette idée d'espérance. Se suicider, c'est croire au néant, au mal. Les chrétiens croient que le monde est une création divine, qu'ils en font partie et qu'ils doivent attendre que Dieu les rappelle à Lui.

Régine. — Avec le suicide, il ne s'agit que de devancer l'appel !

Jeanne. — On ne peut se substituer à Dieu.

Régine. — Dans certaines pensées religieuses, le suicide a sa place. Les musulmans se sacrifient pour certaines causes, deviennent des martyrs… les bouddhistes aussi.

Jeanne. — Les chrétiens aussi ont leurs martyrs, mais ce que je veux dire c'est qu'on n'a pas le droit de douter de Dieu. Il est amour, et se refuser à l'amour, c'est se refuser à l'essentiel. Je suis également contre l'euthanasie, naturellement.

Régine. — Souffrir quand il n'y a pas de possibilité de guérison me paraît inutile. Je ne pense pas que la souffrance soit rédemptrice, comme on me l'a enseigné quand j'étais enfant…

Jeanne. — Je ne pense pas, à l'imitation de Musset, qu'elle soit rédemptrice, mais on peut en tirer une sorte de sagesse.

Régine. — Pas quand vous n'êtes plus en état de la maîtriser. Il ne s'agit pas de légaliser l'euthanasie, il faut que ce soit laissé à l'appréciation de chacun, de celui qui souffre s'il est conscient, de son médecin, de ses proches.

RÉGINE : LE DÉCORUM QUI ENTOURE LA MORT ME SEMBLE NÉCESSAIRE
JEANNE : JE SUIS HOSTILE À L'INCINÉRATION

Régine. — J'avoue que je redoute la mort de mes parents maintenant qu'elle approche. Je perçois la fragilité du grand âge. Je sens leurs peurs. La mort de vos parents a-t-elle bouleversé votre vie ?

Jeanne. — D'abord, égoïstement, on a la sensation d'être arrivé en première ligne… À la mort de mes parents, je me suis dit que la prochaine personne de la famille qui disparaîtrait, ce serait mon mari ou moi. Et surtout la mort de mon père a été pour moi un déchirement épouvantable… Une affreuse sensation de perte.

Régine. — Mais, puisque vous êtes croyante, vous savez que vous retrouverez vos proches.

Jeanne. — Cette idée de réunion définitive et parfaite avec ceux qu'on aime n'est pas pour moi sentimentale. Je crois profondément que, dans l'au-delà, cette union se fera avec tous les hommes, mes frères, avec l'ensemble de la communauté humaine de tous les pays et de tous les temps. C'est la communion des saints, la solidarité de tous les hommes unis dans l'éternité.

Régine. — Le décorum qui entoure la mort me semble quelque chose de tout à fait nécessaire, qu'on soit croyant ou pas. J'ai comme livre de chevet un ouvrage de Georges Duby, *Guillaume le Maréchal, ou le meilleur chevalier du monde,* qui raconte une agonie, une préparation à la mort. C'est d'une tenue exemplaire. Ce livre me touche énormément. Les rituels religieux qui entourent la mort ne me choquent pas. Voir quelqu'un enterré comme ça sans que quiconque prononce une parole, sans accompagnement, c'est terrible.

Jeanne. — C'est affreux, comme un chien qu'on met dans un trou, sans sacrement, sans un mot de consolation, c'est horrible !

Régine. — Je ne m'opposerais pas à ce que ma mort soit accompagnée d'une veillée funèbre comme il y en avait autrefois... à la présence d'un prêtre, puisque j'ai été élevée dans la religion catholique... à ce qu'il y ait une lecture d'un texte religicux — j'y suis toujours très sensible. Je suis assez pour cet accompagnement. Il permet à ceux qui restent de faire leur deuil, de réfléchir à l'au-delà.

Jeanne. — Pour cette raison, je suis tout à fait hostile à l'incinération dans un crématorium. Tu es poussière, tu retourneras poussière, bien sûr, et mourir sur un bûcher comme en Inde, au milieu des chants et des prières, certes. Mais disparaître en cendres, comme on brûle une ordure ménagère, me fait froid dans le dos. L'enterrement permet une période transitoire, où le mort garde une présence réelle pour ses proches.

Régine. — Il est évident que, quand on perd quelqu'un de proche, on a le désir de ne pas le perdre vraiment.

Il est très important de se préparer à la mort. Il ne faut pas l'éluder... il faut se sentir prêt. Autant bien mourir... dans la dignité !

JEANNE : LA VIEILLESSE N'EST PAS FACILE : TOUS CES RENONCEMENTS...
RÉGINE : ELLE VOUS TOMBE DESSUS D'UN SEUL COUP

Jeanne. — La vieillesse devrait être la préparation à la sagesse, à la mort — mais, dans le monde moderne, peu de gens s'y préparent. On préfère l'oublier.

Régine. — Je trouve que la vieillesse est quand même une épreuve vraiment difficile, qui nous est imposée avant une autre épreuve, la mort.

Jeanne. — Non, ce n'est pas facile à vivre. Je suis une vieille dame, et je sais que ce n'est pas facile à vivre du tout. C'est une suite de renoncements, de pertes, des petites et des grandes. C'est aussi être de plus en plus fragile physiquement et de plus en plus dépendant des autres. Et puis, c'est se sentir devenir de moins en moins utile et comme décalé par rapport à son époque. C'est aussi voir le temps passer avec une vitesse extraordinaire.

Régine. — Quand je me regarde dans la glace, que je compare avec des photos... je vois bien que j'ai changé. Mais je suis dans un tel état permanent de désir... désir de voyager, désir d'écrire, désir de faire des découvertes... Et la vieillesse vous tombe dessus ; tout d'un coup, on croise son reflet dans une vitrine et on se demande : qui est cette vieille ?

Jeanne. — Oui, même si on vieillit mieux aujourd'hui qu'autrefois, la vieillesse est triste à vivre. Les dégradations physiques sont pénibles...

Régine. — ... Ne plus pouvoir courir pour attraper un autobus... Avoir mal dans les mains... J'adore broder, et, récemment, j'ai voulu broder sur un tissu un peu plus fin que d'habitude... et je n'ai pas pu ! malgré les lunettes. La reliure, aussi. C'est assez méticuleux et je me rends compte qu'il y a un gauchissement dans mon travail, ça m'agace.

Jeanne. — Contre les atteintes du temps, je trouve que la chirurgie esthétique est parfois un bon recours.

Régine. — Il faut le faire pour soi-même, pas pour les autres. Il ne faut pas hésiter : on s'arrange bien pour avoir toujours la même couleur de cheveux. Si je les laissais naturels, ils seraient envahis de fils blancs. Avoir une certaine tenue, comme on disait autrefois. Dans la mesure où la vie est beaucoup plus longue — et agréable plus longtemps —, autant faire face. La vieillesse étant déjà difficile à supporter, si en plus on la vit avec un visage tout chiffonné… c'est pénible. Certaines femmes s'en fichent complètement.

Jeanne. — Il faut maintenir une certaine apparence, par respect pour soi et pour les autres. Mais le plus important n'est pas là. Dans la vieillesse, il faut surtout apprendre à ne pas se refermer sur soi, sur ses peurs. Il faut rester — ou devenir — généreux. Le rôle des grands-parents vis-à-vis de leurs petits- enfants peut être merveilleux. Il faut s'ouvrir au monde. Mais plus encore, en vieillissant, il faut garder l'espérance. L'espérance en la Vie qui dépasse chacune de nos vies particulières et éphémères.

JEANNE À RÉGINE : VOUS ÊTES UNE COMBATTANTE
RÉGINE À JEANNE : VOTRE SÉRÉNITÉ ME FAIT RÉFLÉCHIR

Jeanne. — Aucune vie n'est une suite ininterrompue de bonheurs. J'ai connu la tristesse et l'inquiétude, mais, rétrospectivement, j'ai l'impression que ma vie a été toute droite, je pourrais dire lisse. Les drames en ont été écartés, ce que je trouve miraculeux, et j'en remercie Dieu.

Régine. — Nous avons en commun de puissants liens avec la terre, la nature et avec les livres — et, en même temps, des vies, des prises de position si différentes ! Ça me trouble profondément, et ce trouble m'agace aussi.

Cette sérénité qui est la vôtre me fait réfléchir. Nos discussions me font me poser des questions sur ma vie. Connaître cette forme d'apaisement, d'amour ! Même si vous avez certainement eu des problèmes dont vous ne me parlez pas, votre vie me donne l'impression d'une forme d'aboutissement que je n'ai pas connue et qui me manque sans doute.

Jeanne. — Vous êtes plutôt une combattante, une résistante, alors que je suis plus paisible, plus en harmonie avec le monde dans lequel je vis. Peut-être que la formule utilisée par François Mitterrand — c'est la seule que j'accepte de lui — m'irait assez bien : la force tranquille.

TABLE

Achevé d'imprimer sur les presses de

BUSSIÈRE

GROUPE CPI

à Saint-Amand-Montrond (Cher)
en octobre 2001

POCKET, un département de Univers Poche,
12, avenue d'Italie - 75627 Paris Cedex 13
Tél. : 01-44-16-05-00

— N° d'imp. 15984. —
Dépôt légal : septembre 2001.

Imprimé en France